その塾講師、正体不明

貴戸湊太

ハルキ文庫

角川春樹事務所

目次

プロローグ

藤倉《ふじくら》つぐみは逃げ切れなかった。

帰宅したつぐみを玄関で出迎えた母親は、顔面蒼白《そうはく》になって彼女に駆け寄った。つぐみの制服は血で汚れていて、右の掌《てのひら》には傷があった。鋭利な刃物で切り裂かれた、生々しい傷だった。

どうしたのと母親が肩を揺さぶると、つぐみは途切れ途切れの声で答えた。

「帰り道で、知らない人に切り付けられた」

刃物が掌を切り裂き、一瞬遅れて襲ってきた痛みをつぐみは思い出す。それと同じように、母親は一瞬ぽかんとした後、少し遅れて恐怖に体を震わせた。娘が通り魔被害を訴えていることにようやく気付いたのだ。

「逃げようとしたけど、逃げ切れなかった」

つぐみは、そうつぶやいた。自分は逃げ切れなかったのだと強く後悔しながら。その間も、彼女の掌からは血が流れ続けていた。

「何とかしなきゃ。このままじゃ――」

そう言いながら、母親は傷のある右手を胸に抱いた。服が血で汚れることも構わなかった。やがて我に返った母親がスマホで救急車を呼ぶまで、つぐみはその光景を現実感のないものとしてぼんやり見ていた。

第一話　少女と闇——一学期そして夏期講習

　個別指導塾・一番星学院《いちばんぼしがくいん》の桜台校《さくらだい》。その自習室で森本梨央《もりもとりお》はテキストを広げていた。机がずらりと並べられた自習室では、クーラーが利きすぎなぐらい利いている。だが、窓の外では日差しが燃えるようで、すっかり夏真っ盛りだ。夏期講習も始まって、中三の梨央にとっては憂鬱《ゆううつ》な時期がやって来ていた。

　とはいっても、彼女は勉強をしているわけではない。同級生の沖野龍也《おきのりゅうや》を待っているだけだ。テキストを広げているのは、自習室を使うためのただの理由作り。彼女は自分の長い黒髪を弄《いじ》りながら、彼を待ち続けていた。

　龍也に相談したいことがあった。頭の良い彼ならすぐに解決してくれるはずだと、梨央は信じている。

「よっ」

　梨央がぼうっとしていると、いつの間にか龍也が自習室に入って来ていた。運動が苦手な細い体に、短い髪と吊《つ》り気味の目、薄い唇の一見冷たそうな顔立ち。でも、彼が誰《だれ》よりも優しいことを梨央は知っている。

「ちょっと、外に出よっか」

梨央が提案して、二人は一番星学院の外に出た。だが一歩外に足を踏み出すと、うんざりするほどの日差しが襲いかかった。早くもクーラーが恋しくなる。

「最近さ、萌絵《もえ》の様子がおかしいと思わない？」

日陰のベンチに腰掛けながら、肝心の質問をする。自習室には当の萌絵もいたので、中で話すわけにはいかなかったのだ。

「小笠原《おがさわら》萌絵か。確かに、最近落ち込んでいるように見えるな」

龍也は顎《あご》に手を当てて考え込んだ。

「やっぱりおかしいよね。それに、バンボシでの授業時間変更のことも」

梨央は一気に喋《しゃべ》った。バンボシというのは一番星学院を略した言い方だ。そして、授業時間変更というのは、萌絵が一番星学院での授業を遅い時間に替えたいと言い出したことだ。

「夜八時一〇分からのコマに替えるって奴《やつ》か。確かに妙だよな」

龍也は腕を組んだ。全国に教室がある一番星学院の授業コマは、どの教室でも同じになっている。一コマ九十分の授業と、合間の休憩時間十分で組まれているのだ。主なコマは、

①午後四時五〇分　～　六時二〇分
②午後六時三〇分　～　八時

③午後八時一〇分　～　九時四〇分

の三種類がある。萌絵はもともと真ん中の六時三〇分からの授業を受けていたのに、急に最後の八時一〇分からの授業に替えたいと、強い調子で願い出たのだ。

「まあ遅いコマに変更するのは、もともとは何でもないことなんだが……」

龍也がつぶやくように、授業時間を替えること自体は珍しくない。家の都合や部活の関係などでよく行われるものだ。ただ、今の状況では首を傾《かし》げたくなる行動だった。

「通り魔事件が続いているっていうのに、さすがに遅い時間への変更はないよね」

問題はそこだった。この桜台近辺で通り魔事件が発生し続けている今、夜道で襲われやすい遅めの時間にコマ変更するのは不自然なのだ。

この通り魔は、四月から連続して事件を起こしている。髪の長い、十代から二十代の女性を刃物で切り付けるのがお決まりの手口だ。犯行時刻は午後九時～十時の間に限られていて、なぜか被害者の掌《てのひら》を刃物で深く傷付けている。

被害者たちは犯人の顔をはっきり見ていなくて、防犯カメラも遠目でしか犯人を映していない。そのため警察の捜査はあまり進んでいないようだった。

というわけで、通り魔が逮捕されていないのに、犯行時間帯の九時四〇分に終わる八時一〇分スタートのコマを希望するのはおかしな話だった。もちろん保護者の迎えは来る。しかし、車での送迎には制限があるのだ。

「バンボシの前まで、車で迎えに来てもらうことはできないしな」

一番星学院の周囲には駐車スペースがなくて、道路も狭い。以前、送り迎えの車で渋滞ができて苦情を言われたことがあったようで、保護者は少し離れた広い道路の路肩に車を停《と》めて待つことしかできない。一番星学院から広い道路までは数分歩く必要があって、しかも薄暗い道なので、そこで通り魔に襲われるかもしれないのだ。

そして、さらに条件は重なる。

「藤倉つぐみさん、だっけ。バンボシの生徒で、通り魔の第一の被害者」

「そ、高校二年生で、四月に襲われた人」

友達や保護者のネットワークを通して、その情報は何度も耳に入っていた。

「藤倉さん、最近バンボシを休んでいるんだってね」

「被害直後は頑張って通塾していたみたいだけど、五月中頃《なかごろ》からは休んでるな」

刃物で切り付けられるという恐ろしい目に遭《あ》ったのだから、休んでしまうのは仕方がないことだと梨央は思った。むしろ、被害の後に少しの間、塾に通えていたというのは凄《すご》いことだ。

「だけど、これだけ条件が揃《そろ》えば、遅いコマが危険なのは誰にでも分かるよな」

龍也が話を元に戻した。確かに、どう考えても警戒しない方がおかしい。梨央だって、通り魔が狙《ねら》う髪の長い十代女性なのでかなり注意していて、自分の授業が終わる八時には塾からすぐに帰るようにしている。もちろん、親に車で迎えに来てもらってのことだ。

それなのに、萌絵はその逆をいくのだ。

「小笠原のこと、気になるんだな」

龍也が頭を掻《か》いた。梨央は、誰かが困っていると放《ほう》っておけない。気になり出したら止まらないのを彼は分かっているのだ。

そして、困っている人を助けるために、龍也に相談することも分かっている。特に、萌絵のコマ変更のように謎《なぞ》が絡む場合は、彼の知恵を頼るのはいつものことだった。

学校では、こんな二人の関係を見て、付き合っていると噂《うわさ》する女子たちがいる。

——私たちは幼稚園の頃からの幼馴染《おさななじみ》で、そういった関係じゃないのにな。

梨央はいつもそう思って呆《あき》れている。とはいえ、校内で話をするには周りの目が気になった。

ただ、そんな二人が周囲を気にせず話し合える場所がある。それがこの、一番星学院だ。

梨央と龍也が通うこの個別指導塾には、噂好きな女子たちは通っていない。

「小笠原は落ち込んでいる様子だしな。授業時間変更の謎を解けば、悩みが解消するかもしれない」

龍也は協力してくれるようだ。梨央は満足し、彼の手を握ってぶんぶんと振った。

「さすが頼れる幼馴染。今回もお願いね」

龍也は握られた手を見てはっとしたようになり、視線を逸《そ》らして早口で言った。

「ああ。ただし、小笠原が傷付く可能性がある場合は、すぐに中止するからな。あくまで目的は小笠原を助けることだ」

分かってるって、と梨央は返事をして手を放した。そして、その手を今度はグーにして高く掲げた。

「じゃあ、バンボシ探偵団、今回も捜査開始だね」

嬉《うれ》しくなって言うと、龍也は大げさに溜息《ためいき》をついてみせた。

「その名前、ダサいからやめてくれよ……」


夕方の六時半になり、梨央の授業が始まった。一番星学院は個別指導塾なので、授業中は講師がつきっきりで生徒の勉強を見る。だが、一対一になるのは珍しく、講師一人につき生徒二人というのが基本的なスタイルだ。

一番星学院の桜台校は、三階建てビル一階に教室がある。部屋数は少なく、横幅の広い一部屋と、隅にある自習室、そしてコピー機の置いてある事務室の合計三部屋だけでできている。その広い部屋の中に、仕切り板で区切られたブースが十二個並んでいて、そのうちの一つで、梨央は授業を受けていた。ブースには横長の机があって、その机に向かう形で椅子《いす》が三脚並んでいる。真ん中に講師、両端に生徒が一人ずつ座るのだ。今回、梨央は左側で、右側には別の中学校の一年生男子が座っていた。この組み合わせはいつも一緒だ。

完全担任制なので、講師も同じだった。

だが、その講師が問題だった。四月から梨央を担当しているのは、不破勇吾《ふわゆうご》という二十八歳のアルバイト講師だ。個別指導塾の講師は大学生がほとんどなのに、不破はとっくに大学を卒業している。四月から働き始めた彼は謎めいていて、知りたいことはたくさんあった。だが、そんなことは一旦《いったん》置いておくしかないほど、梨央には困ったことがあった。

「森本さん、どうしたんですか、ぼうっとして」

不破から声を掛けられて、梨央は我に返った。思わず彼の方を見ると、刺すような鋭い視線とまともに目が合った。ひっ、と声が出そうになる。

不破は、恐ろしい雰囲気の男だった。顔立ちはほっそりしていて特徴的でもないのだが、目が普通ではなかった。吊り上がった目から覗《のぞ》く、氷のように冷え切った瞳《ひとみ》。龍也だって冷たそうな顔立ちをしているが、その数段上をいく。梨央は、この男は人でも殺しているんじゃないかと本気で疑っていた。

おまけに、彼は滅多《めった》に表情を変えない。いつも無表情な顔をしていて、視線だけは冷たく鋭いのだ。思い出すだけで震えてしまう。もちろん親にこの怖さを伝えたが、顔で授業するんじゃないのよと母親に笑い飛ばされてしまった。

「森本さん、小テストが進んでいませんね。早く進めてください」

不破ははきはきとした口調で言った。耳によく響く彼の声も気になったが、それ以上に気になるのが〝ですます調〟の口調だ。個別指導塾の講師は、ほぼ全員がタメ口で生徒と会話をする。その方が親しみやすくて、信頼関係が生まれるかららしい。

それなのに、彼はずっとですます調のままだ。その一歩引いた感じも、梨央には不気味だった。

梨央は、参ったなあと思いながら小テストを解いた。彼女は英語の授業を受けているので、今やっているのは英単語テストだ。

「先生、できました」

苦労して完成させたテストを手渡す。不破は素早く丸付けを終えて、表情を変えないまま突き返した。

「森本さん、二十問中八問正解でした。『可能な、可能である』はposibleではなくpossibleです。sが二つですね。テキストを見て覚え直す時間を五分与えますから、もう一回テストをしましょう」

でた、再テスト。梨央はまた心の中で頭を抱えた。不破は結構なスパルタ講師で、小テストは満点を取れるようになるまでひたすら繰り返すのだ。

集中して単語を覚え直そうと、テキストに視線を落とす。だが、アルファベットが並んでいるのを見ているだけで眠気が込み上げてくる。

「森本さん、眠いのですか」

不破の声で、梨央の全身がびくっと震えた。慌てて身を起こしたせいで椅子ごとひっくり返りそうになり、わ、わ、と哀れな声を発しながら椅子を押さえ込んだ。右側の一年生男子がそれを見てにやけている。

「眠いのなら、椅子から立って授業を受けますか」

不破はとんでもないことを言い出した。そんなの罰みたいだ。

「それが嫌なら集中してください」

冷たい口調で言う。梨央は内心で文句をつぶやきながらも、頑張って単語を覚えようとした。

「では五分経《た》ったので、再テストを行います」

不破の厳しい声が響いた。眠気のせいで単語は全く覚えていなかった。どうやら、この再テストの結果は酷《ひど》いものになりそうだ。

「森本さん、ぼうっとせずに早く解いてください」

よく通る声で注意され、梨央はますます落ち込んだ。


「はあ。結局、今日もずっと小テストをしてたよ」

授業終了後、梨央は溜息を漏らしながらぼやいた。それを聞いている龍也は呑気《のんき》に笑っている。彼の担当の講師はまた別の人なのだ。そして龍也は成績が良いので、再テストなんて受けたことがない。

「そんなことより、小笠原が来たぞ」

そんなことよりって何なの、と怒りそうになったが、振り返ると萌絵が自習室から出てくるところだった。これから授業らしい。自習中は話しかけづらかったが、授業と授業の間の十分間休憩の今なら話しかけやすい。

「萌絵、やっほー。元気？」

梨央は、強いて明るく声を掛けた。萌絵はそれに気付くと、嬉しそうに手を振った。

「梨央、やっほー。あ、龍也くんも」

軽やかな足取りで走ってくる。一見すると悩みなどない様子だ。

「私は元気だよ。普段と違って早い時間からある夏期講習はしんどいけどね」

萌絵は笑顔を絶やさない。彼女は学校でも塾でも、いつもこうなのだ。成績優秀で友達が多く、スポーツも万能。クラス委員長を務めている彼女は人付き合いも得意だ。長い黒髪はつやつやで、さらに美人なので男子からの人気もある。欠点なんてものが見当たらないほどの完璧《かんぺき》人間だ。

ただ、そんな彼女が最近おかしい。同級生と会話をしている時は明るいのに、ふとした瞬間に暗い表情を浮かべるのだ。遅い時間へのコマ変更を言い出したことと同じぐらい、梨央はそのことが気になっている。

「小笠原は、これから授業か」

「うん、これから通常授業」

通常授業とは、講習でなく一年間ずっとあるレギュラーの授業のことだ。

「八時一〇分からの授業か。確か、前はもっと早い時間だったよな」

授業時間変更にさり気なく触れる言い方だ。梨央はドキッとしたが、萌絵は落ち着いた様子で答えた。

「そうだね。まあ、この時間の方が生徒が少なくて静かだから、集中しやすいって面はあるよ」

「なるほど。でも、通り魔は怖くないのか」

問い方に遠慮がない。龍也はさらに続けた。

「小笠原だって髪が長いだろ。通り魔は髪の長い十代～二十代女性を襲うんだから、もろにターゲットじゃないか」

さすがの萌絵も、少し表情を硬くする。やっぱり何かあるのかと思ったが、彼女はすぐにいつもの笑顔に戻った。

「お母さんが車で迎えに来てくれるから、大丈夫だよ。それに、遅い時間までしっかり勉強して、志望校に受かりたいし」

爽《さわ》やかに言ってのけた。勉強熱心な彼女らしい言葉ではあるけれど……。

「いや、だけど車を停められるのは離れたところで、そこまでは暗い夜道を」

「あ、ごめん。そろそろ授業始まりそう。じゃ、またね」

萌絵は続く言葉を振り切って背を向けた。そのまま授業ブースの方へと走って行く。

「やっぱり怪しいな。何か理由がありそうだ」

龍也のつぶやきには、梨央も同意見だった。最後に話を打ち切ったのも、人付き合いの得意な萌絵にしては不自然だ。

「でも、萌絵にそんなものあるのかな。成績優秀で友達が多くてスポーツができて。私なら、そうなったら楽しいことばっかりになると思う」

「本人にしか分からないこともあるだろ。例えば、家庭のこととか」

「そっかあ。でも、前にバンボシに蒔絵のお父さんとお母さんが来てたけど、すごく上品な人で、理想の父親、母親って感じだったよ」

夏期講習に向けた面談に来ていたご両親はとても穏やかで、笑顔が素敵な美男美女だった。とても家庭の問題があるようには思えなかった。

「ホントに良い人たちだったよ。うちの親とは大違い。うちは、勉強をしなさい、テストを頑張りなさい、っていつも怒鳴って。これじゃ教育虐待レベルだよ」

梨央が唇を尖《とが》らせると、龍也はほうと感心したように息を吐いた。

「教育虐待って、六月に学校でやった講演会の奴か。よく覚えてたな」

「あ、私のこと馬鹿《ばか》にしたでしょ。私だって覚えてるよ。親があまりに勉強をさせすぎて子供を苦しめるのを教育虐待って言うんだよね」

中学受験に熱中しすぎた親が、小学生を深夜三時まで勉強させる。大学の医学部だけを目指させた親が、四浪五浪しても子供に受験を続けさせる。講演会ではそんな話が出ていた。

「まあ、梨央の場合は勉強しなさすぎるのが問題だと思うけど」

「ひどーい。また馬鹿にした」

じゃれ合うような会話が続いたが、やがて龍也は何かに気付いたように授業ブースの方を見た。

「なあ。小笠原が授業時間の変更を言い出したのって、正確にはいつ頃だった？」

「えっと、七月ぐらいだったと思うよ」

急な真剣さに戸惑いながら答えると、龍也は顎に手を当てて考え込んだ。

「四月からだと、三ヶ月ほど経った頃か。これはあり得るかもな」

独り言のようにぶつぶつつぶやく。梨央は気になって彼の肩を突いた。

「何？　気付いたことがあるなら教えてよ」

「ああ、もしかしたらっていう想像に過ぎないんだけど」

龍也は萌絵のいるブースの方を見ながら、声を潜めた。

「小笠原の担当講師が不破先生になったのは、四月からだったなと思って」

梨央には、何となくその考えが理解できた。勘が良かったからではない。彼女自身も、どこかでそのように思っていたからだ。

「不破先生の授業が嫌だったから、遅い時間へのコマ変更を希望したってこと？」

「そういうことだ。もともと、小笠原は六時半から不破先生の授業を受けていた。でも、不破先生が嫌になったから、他の先生に替えてほしくなった。だけど直接替えてくれと言い出しづらかったから、時間変更を希望したんだ」

時間変更によって、講師が交代になることはよくあることだ。時間帯によって勤務できなかったり、変更を希望した先の時間帯ですでに二人生徒を持っていて空きがなかったりするとそうなる。

ただ、時間変更後に曜日は変わったものの、萌絵の担当は不破のままだ。もし講師を替えてほしかったのなら、狙いは外れたことになる。

「不破先生の授業が嫌だった、か。分かるわあ」

非常に共感できる意見だった。しかし龍也は、まだ終わっていないと言いたそうだった。

「不破先生は厳しい講師ではある。でも、小笠原レベルならむしろその厳しさが必要なんじゃないかと思うんだ。だから、不破先生を避ける理由は別にあるように思う」

「別の理由か。それって……」

そこまで返事をしたところで、梨央はある閃《ひらめ》きを感じた。

「ねえ、私、とんでもないことに気付いちゃった」

梨央はいても立ってもいられなかった。

「不破先生ってさ、通り魔なんじゃないかな」

「はあ?」

龍也は驚きすぎて、まともに言い返すこともできない。

「不破先生って、人を殺してそうな怖い目をしてるでしょ。それって、通り魔をしてるからなんじゃないかな。人を傷付け続けているから、あんなに怖い目をしてるんだよ」

龍也は腕を組み、呆れたように大きく息を吐いた。

「それだけじゃ根拠不十分だ。さすがに同意できない」

「えーっ。あ、でも不破先生って四月から桜台に来てるんだよね。電車で来てるって言ってたから、それまでは桜台にいなかったんでしょ。通り魔が始まったのは四月からだから、時期的にぴったり合うよね」

　思い付きで言ったのだが、龍也は思いの外納得したようだった。

「なるほど。その可能性はあるかもな」

　梨央と龍也は、二人揃って授業ブースの方を見る。

「小笠原さん、あなたのレベルならこの問題は正解して然《しか》るべきですよ」

　不破の厳しい指導の声が、二人の耳に嫌というほど聞こえた。


「ここ」

　梨央は自転車を停めて短く言った。後を追っていた龍也もその場で自転車を停めて、表札を見る。庭が広くて、屋根が青い洋風二階建ての家だった。

「ここが小笠原の家か」

　二人は、並んで家の様子を見る。屋根の上に風見鶏《かざみどり》があったり、庭に整えられた花壇があったりと、お洒落《しゃれ》な感じだ。まさに萌絵の家、という印象だった。

「じゃ、押すぞ」

　龍也はそう言ってチャイムを鳴らした。

　萌絵にはじっくり話を聞きたかったが、学校や塾ではどうしても時間が限られる。それならいっそ家まで行って話を聞いてはどうか。そう提案したのは梨央だ。龍也は乗り気になって、塾が閉まっている日曜の朝早くに萌絵の家に行こうという話になった。日曜朝早くなら大抵家にいると考えたかららしい。

しばらく待つと、玄関扉が開かれた。出てきたのは、長い黒髪の、上品そうな大人の女性だった。以前に塾で会ったことがある。萌絵の母親だ。

「あら、萌絵の学校のお友達よね」

門のところまで来た母親は、穏やかな声で話しかけてきた。覚えていてくれたのかと嬉しかったが、母親が門を開けないことは気に掛かった。

「あの、萌絵ちゃんいますか。ちょっと話があるんですけど」

梨央はおずおずと申し出た。だが、母親は家の方をちらっと見てから首を振る。

「ごめんなさいね。今は勉強をしているから会えないの。お話は学校でしてくれると助かるわ」

こんな朝早くから勉強しているとは驚きだった。まだ九時になろうかという時間だ。

「それじゃあ、またね。萌絵とはいつも仲良くしてくれてありがとう」

母親は手を振りながら戻って行った。結局萌絵には会えずじまい。残念だった。

「小笠原は、本当に勉強熱心だな」

「すごいよね。尊敬する」

やはりレベルが違うと、梨央は改めて思い知った。そして、萌絵には萌絵なりの苦労があるのだなと気付かされもした。

不破勇吾は、一番星学院桜台校の面談ブースにいた。面談ブースとはいっても、パーティションで簡単に区切った空間に、机と椅子を置いているだけだ。周囲の講師や生徒の話し声はよく聞こえてくる。

「それで、萌絵の様子がおかしいんです」

小笠原萌絵の母親は、不安そうに相談を始めた。

「具体的には、どのようなご様子でしょうか？」

不破の隣に座る室長が返事をした。一番星学院桜台校のトップである彼は、教室長を縮めて室長と呼ばれる。中肉中背のぼんやりした中年男で、今日もまたシャツの胸ポケットに入れていたハンコをなくしたと騒いでいた。

室長は、最終授業の始まる八時一〇分頃に、後を講師に任せて早々に帰宅することもある。講師の間から不安の声が漏れるほどだった。

ただ、いざという時は頼りになる男で動きも機敏になる。保護者対応などは素早く的確で、そういう時にはありがたい存在だ。

そして、そんな室長が、この面談に不破の同席を認めた。アルバイトではあるが萌絵の担任講師としての人選だ。そもそも個別指導塾講師は、アルバイトであっても責任の重い職業だ。生徒の学習成績に一切の責任を負い、担任講師としてずっと指導を続けるのだから。

「六月頃までは落ち着いていたんです。勉強も頑張っていましたし、塾にもしっかり通っていました。何十か所も塾を見て回って、一番気に入ったこの一番星学院さんに決めて良かったと思っていたんです。ちょっと遠くて送り迎えに片道三十分は掛かりますけど、萌絵も頑張って通うと言ってくれていました」

母親は一気に喋る。もともと教育熱心なタイプのようで、勉強の話になると止まらないらしかった。不破は慣れない面談に緊張しつつも、懸命に耳を傾けた。

「萌絵のやる気も充分でした。いつも、塾が終わった後には私が家で勉強を見ているんです。二時間ぐらいです。朝だって、学校があるときは六時半から学校に行くまで勉強を見ているんですが、よく集中できていました。それなのに、七月ぐらいから急に集中力が落ちてきて。おまけに、塾での授業時間変更を申し出たりして。通り魔が発生してからは、塾での自習も八時一〇分までにしていいと伝えたんです。でも、結局授業を九時四〇分まで取ってしまって、その流れで授業のない日も九時四〇分まで自習をすると決めてしまいました」

「お母さん、萌絵ちゃんの様子がおかしくなったきっかけに心当たりは？」

室長が身を乗り出して質問する。今はいざという時モードに入ったようで、真剣な目をしていた。

「申しわけありません。はっきりとは覚えていないんです。あ、でも六月末に、熱が出たと言って塾を休もうとしたことはありました。あの子にしては珍しいとは思いましたね」

そのことなら、不破も覚えていた。萌絵が急に休むことになったと言われたことが一度だけあったのだ。

「正直なところ、仮病かもと私は思ったんです。熱を測らせてくれませんでしたので。だから、本当に熱があるの、と問い質《ただ》してしまって。萌絵は本当だと訴えて、勉強が遅れてもいいから休むと言い張りました。だから休ませたんです。でも、今思えばあの時の対応がまずかったのかもしれません」

ますます心配そうな表情で母親は言う。

「ご心配でしょう。ですが、我々は萌絵ちゃんの様子をしっかり見ています。何か変化があれば、逐一ご報告いたしますのでご安心ください。もちろん、お母さんの方でお気付きのことがあれば、何なりとお教えください。協力して、萌絵ちゃんのことを見守っていきましょう」

室長が言葉を掛けている間、不破は考えていた。仮病、そして授業時間変更。萌絵らしくないこの行動に、何か意味があるような気がした。

「不破先生、昨日交番のお巡りさんに話しかけられてたでしょ」

眠りに落ちかけていた梨央は、その言葉を聞いて首を跳ね上げた。不破との通常授業中のことだ。恒例の単語テストを五回目でクリアした梨央だったが、その後の文法問題を解いている途中でまた眠気に襲われていた。その時、右側の席の中一男子がそんなことを口走ったのだ。

「僕、見てたんだよ。不破先生、何か悪いことしたの。もしかして泥棒でもした？」

中一男子はけらけらと笑う。だが、梨央にとっては気になる一言だった。

梨央にとって、不破は通り魔の疑いがある人物だ。警察も彼を疑っていて、話を聞いていたのか。

「泥棒なんてしません。お巡りさんとのことは何でもないんです」

不破は、お巡りさんに話しかけられたこと自体は否定しない。

「さあ、授業に戻りますよ。森本さんも、早く問題を解いてください」

梨央は慌てて問題を解くノートに向き合う。だが、その上には、眠っていた時に無意識のうちに引いたぐにゃぐにゃの線が伸びていた。

「森本さん、その線は何ですか」

不破の冷たい声が、梨央の背中を縮こまらせた。

授業終了後。梨央と龍也は、塾から出て日の暮れた外のベンチで話し合った。

「っていうことだから、不破先生は絶対怪しいよね」

先ほどの話を伝えると、龍也は考え込んで唸《うな》った。

「ここまでくると、怪しいかもな」

「でしょ。こうなったら私、不破先生と話をしてみようかな」

梨央が力を込めて言うと、龍也が慌てたように手を振った。

「いや、さすがにそれは危ないぞ。もし本当に通り魔だったらどうする。梨央は髪が長いんだし、通り魔は被害者の掌を刃物で切っているんだぞ」

「う……。そんなことされたら、部活の引退試合に出られなくなるよ」

梨央の所属するバスケ部の引退試合は遅くて、夏休み明けの九月に行われる。

部活は梨央にとって大切なものなので、引退試合に出られないというのは恐ろしいことだった。さすがに腰が引けていく。

「そういえば昔、この塾で掌を怪我《けが》して引退試合に出られなかった先輩がいたな」

龍也はおもむろに昔のことを話し出した。彼は一番星学院に通って長いので、最近入った梨央より色々なことを知っている。

「元気で活発な中三女子の先輩だったんだけど、自習中に塾の備品のカッターナイフで方眼紙を切りながらふざけていたんだ。そして弾みで掌を深く傷付けてしまって、バレー部の引退試合に出られなかった。当時も今の室長がいて、保護者に何度も謝っていたよ」

考えるだけでぞっとした。同じような目には絶対に遭いたくない。

「そういえば、そのカッターナイフで掌を傷付けた女子も、長い髪をしていたな。もしかしたら、何か繋《つな》がりがあるのかもしれない」

龍也は脅すような目をして言った。思わず背筋が冷たくなる。

「まあ、そんなことになりたくなかったら、無茶はするなということだ」

龍也が優しい声で注意した。梨央は頷《うなず》きかけたが、ふと気付いて動きを止めた。

「どうした」

不安そうな視線が注がれる。梨央は悩んだが、思い切って今気付いたことを言葉にした。

「ううん、ダメダメ。私が行動しないと、同じような被害者がまた出ちゃうかもしれない。引退試合に出られなかったり、友達と遊びに行く約束を守れなかったり、仕事に出られなかったり。そんな人たちが出続ける」

梨央なりの正義感だった。龍也は頭を掻く。

「通り魔は警察が捕まえてくれる。俺《おれ》たち素人は黙って見ているべきだ」

「でも、もう四月から四ヶ月経つけど、通り魔は捕まらないじゃん。被害者も増え続けてる。誰かが行動を起こさないといけないんじゃない？」

「だけど、それが俺たちである必要はないだろ」

「不破先生のことに気付いてるのは私たちだけだよ。私たちしか動けない」

梨央の強情さに、龍也は何も言えなくなったようだ。これ以上止めてもむだだと考えたのか、彼は肩を落とした。

「人の目のあるところで、不破先生と話をしろよ。できるだけ危険を避けるんだ」

「もちろん。そのつもりだよ」

意気込んで大きく頷いた。それでも龍也は不安そうだった。

「あと、心配だから俺もついて行く。梨央一人だと何をするか分からないからな」

「ちょっと、何よそれ」

怒ってみせたが、龍也は引かなかった。結局、二人で不破に話をしに行くことに決まった。


翌日、梨央と龍也は唾《つば》をごくりと飲み込んだ。

目の前には、授業ブースの椅子に座った不破がいる。午後四時過ぎの一番星学院桜台校。夏期講習の授業がそこら中で行われている中、不破の授業は次のコマからだった。今は話をする余裕がある。

「私に話があるんですか。いいですよ。とりあえずお座りください」

相変わらずのですます調で、不破は席を勧める。梨央と龍也は、ブースに一直線に並んだ三つの椅子のうち、真ん中に座る不破の左右に腰掛けた。

「それで、話とは何でしょう」

周囲のブースは、授業の声でにぎやかだ。小声で喋れば、このブースの会話が漏れ聞こえることはない。梨央は声を落として話を切り出した。

「あの、はっきりと言います。不破先生は通り魔なんじゃないですか」

氷のような目が、梨央のことを真正面から見つめた。今更だけどやっぱり、恐怖で逃げ出したくなる。

「不破先生がこの桜台に来てから、通り魔事件は起こり始めました。交番のお巡りさんにも話しかけられていましたよね。それは、不破先生が通り魔だからじゃないですか」

心臓が激しくバクバクいっていた。

「萌絵が授業時間の変更を申し出たのも、不破先生の犯行に気付いたからじゃないんですか。こんな怖い先生の授業は受けられないと思ったんでしょう。私たち、朝早くに萌絵の家まで行って調べたんですよ。勉強中だって言われて会えませんでしたけど」

梨央はなおもまくし立てる。不破はそれを聞きながら、冷たい眼差《まなざ》しを送っていた。

「どうですか、先生。何か言いたいことはありますか」

喉《のど》が渇くのを感じたが、頑張って問い掛ける。今にも不破が刃物を取り出して襲いかかってくる想像をしたが、彼は動かないままだった。

「あの、不破先生」

あまりに動かないので声を掛けると、不破はようやく口を開いた。

「なるほど。よく考えたものです」

まさか、本当に不破は通り魔だったのか。身構えたが、彼はその必要はないと手を振った。

「ですが、私は通り魔ではありません」

期待していた返事ではなかった。だが、どういうわけかほっとした。こうなることを望んでいたような気がしたのだ。

「通り魔ではない。その根拠は何ですか」

肩の荷を下ろした気分だったが、龍也がすかさず質問をした。そうだ、不破の言い分を一〇〇パーセント信じるわけにはいかない。

「根拠ですか。例えば、犯行時刻のことなどどうでしょう」

不破はそう言って、自分の授業一覧表を見せた。

「私の出勤日は、月、火、水、金の四日です。夏期講習では他の曜日も出勤していますが、それはひとまず置いておきましょう。この月、火、水、金の私の授業時間ですが、四日とも最後の八時一〇分～九時四〇分のコマに授業が入っているのは分かりますか」

不破の言う通り、彼が出勤する四日間は、最後の九時四〇分まで授業が入っている。そのコマは、さすがに現状では女子の生徒は少なく、大半が男子の生徒だ。

「私はこの塾で、九時四〇分まで授業をしています。しかし、通り魔の犯行時刻は九時～十時。授業終了の九時四〇分の後、片付けをして退勤して、そこからターゲットの女性を探して犯行を済ますというのは、時間的に無理がありませんか」

言われてみればそうだと梨央は思った。

「不可能ではありません。慣れていれば間に合うでしょう」

龍也は反論する。不破は表情を変えないまま、それではと言ってポケットから何かを取り出した。まさか刃物かと一瞬警戒したが、出てきたのは革の定期入れだった。

「これは私が使っている、電車のＩＣカード乗車券です」

定期入れに入っていたのは、よく見かける交通系のICカードだった。

「私はいつもこれで電車に乗っています。そして、このカードの便利なところは、直近の使用履歴をネットで閲覧できることなんです」

不破はスマホを取り出し、素早い指使いでページを開いた。

「直近の通り魔の犯行は、七月四日でしたね。その日の記録です」

不破は、スマホを梨央の目の前に近付けた。そこには、一番星学院のすぐ近くにある桜台駅の改札を、彼が午後九時五一分に通ったという記録が残っていた。

「九時四〇分に授業を終えて片付けをし、退勤して九時五一分に改札を通った——。その間たった十一分です。これだけの短い時間で、ターゲットを見つけた上で犯行に及ぶというのは、さすがに難しいでしょう。もちろん、それ以前の犯行日である六月十九日や五月三十一日も同様です」

その通りだった。これだけの証拠があるなら、不破を疑い続けるのは難しくなってくる。

しかし、龍也はあきらめなかった。

「十一分でも、ターゲットを事前に見繕っておけば犯行は可能です。逆に、その時間帯に通りかかるこの女性を狙うと決めていたからこそ、短時間で犯行ができたのかもしれません」

「では、そのターゲットはいつ見繕ったのでしょう。私は勤務時以外は、この桜台には来ていません。それはICカードの履歴を見れば分かることです。勤務時にしても、私は常に九時四〇分まで勤務しています。駅の改札も九時五〇分頃には通過しています。夜に通りかかる女性を求めて、夜道を歩くような時間はありませんね」

龍也が言葉に詰まる。梨央は、もういいよ、と言おうとしたが、意地を張るように彼は続けた。

「勤務日以外に、車で来ていたのかもしれません。そうすれば、余裕を持ってターゲットを探すことができます」

「なるほど。ICカードはアリバイ作りの道具ということですか。しかしそれなら、犯行に及ぶ日にこそ車で来た方がいいのではないですか。折角のアリバイ作りなのに、犯行日自体は桜台にいたという証拠をICカードに残すのは悪手なのでは？」

龍也は口を閉ざして、悔しそうに身を縮こまらせた。

「夏期講習中は、普段来ていない曜日にも来て早くに帰ったこともありますが、その日は犯行日ではないですし、通り魔の犯行は夏期講習の開始前に行われています。私が通り魔かどうかということとは、関係ないと言って差し支えないでしょう」

不破の言うことは文句のつけようがなかった。

「私が通り魔ではないということ、理解していただけましたか」

梨央は頷き、疑ってしまった気まずさをひしひしと感じた。

「ちなみに、交番の巡査に話しかけられたのは、落とし物を拾って届けたからです。これで理解していただけたのなら、そろそろいいですか。授業の準備がありますので」

そう言われてしまえば、梨央と龍也は、おずおずと授業ブースを離れることしかできなかった。

「不破先生じゃなかったんだ。悪いことしちゃった」

不破から充分離れた自習室に入ってから、梨央は小声でつぶやいた。自分の馬鹿らしさと、不破への申しわけなさが頭の中でぐるぐる回っていた。

「でも、まともに話をしてきたのは意外だったな」

一方、龍也はどこか納得していない様子だった。

「まともに話をしてきたって、どういう意味？」

「考えてもみろよ。不破先生は、俺たちの考えを子供の浅知恵だと否定するだけで良かったんだ。通り魔？　なんだそりゃ、という軽い調子で。それなのにあの人は、ちゃんと証拠まで出して丁寧に説明してきた。子供相手にしては本気を出しすぎじゃないか」

「そう、だよね。でも、通り魔じゃないのに、どうしてそこまでするのかな」

「それは分からない。だけど、俺には他にも気になるところがあった」

気になるところなど梨央にはなかった。どういうことだろう。

「不破先生は、通り魔事件が起こった日にちを暗記していた。何も見ずに一瞬で言えたんだ。これはおかしい。普通、いくら事件に興味があっても、そこまでは覚えていないだろう」

「ホントだ。どうして……」

不破への疑いがまた湧《わ》き上がってきた。

「不破先生の様子は、引き続き警戒して見ておくべきだな」

龍也は真剣な調子でつぶやいた。


不破は、桜台駅前にある居酒屋ののれんをくぐった。テイクアウトの焼き鳥を道路に面した対面販売の窓口で売っている店で、前を通るだけで炭火で焼く焼き鳥の匂《にお》いが漂ってくる。その匂いはのれんをくぐった先でも同じで、空腹の不破に食欲を湧き起こさせた。

「おう、ここだ」

ほとんど席が埋まっている中、一番奥の席にいた男が手を挙げた。短髪で大きな目をきょろきょろさせる人懐っこい顔立ち。不破を呼びつけた相手だった。

「まあ座れよ。あ、お姉さん、とりあえず生ビール二つ」

席を勧めたり、ビールを頼んだりと忙《せわ》しないこの男。不破のかつての職場の「同期」で、退職後も連絡を取り続けている親しい人物だ。

「休みのところすまんな。今は夏期講習まっただ中か。忙しいのに、貴重な休日を割いてくれてありがとう」

男は、にかっ、と純粋な笑みを見せる。まるで少年のような笑い方だ。不破はこの笑い方が嫌いではなかった。

「でも夏期講習は大変だろう。体調は大丈夫か」

気遣いを見せる男だったが、不破の体調は万全だった。前職の激務に比べれば、夏期講習など楽なものだ。

不破は今年の三月まで働いていた職場を思い返しながら、真面目《まじめ》な顔で言った。

「問題ない。刑事をやっていた頃よりかは、よほど楽だ」

不破は、今年の三月までは県警捜査一課で刑事をやっていた。その一年前の四月に、二十七歳の若さで抜擢《ばってき》されての起用だった。若くしての出世をやっかむ声もあったが、捜査での活躍がその声を打ち消していった。様々なノウハウを習得し、彼は着実に力をつけていった。

「お前が刑事を辞めて、もうすぐ半年か。あっという間だな」

運ばれてきたビールと、頼んだ焼き鳥を交互に口にしながら雪室《ゆきむろ》は言った。彼は不破の警察学校の同期で、桜台駅前交番で巡査をやっている。生徒が目撃した、不破に話しかけていたお巡りさんというのもこの男だ。

「誰もが羨《うらや》んだ大出世。ところが一転、まさかの退職だ。同期の間では、お前はもう伝説の存在だよ」

雪室は呆れたように肩をすくめた。

「あーあ。俺も刑事になりたいよ。刑事に憧《あこが》れてこの職に就いたんだから」

雪室は祈りを込める。彼は警察学校時代から刑事になると何度も宣言していた。しかし仕事に関しては要領が悪く、出世コースからは外れがちだ。

とはいえ、不破は雪室と会っていて苦痛ではない。生来の人当たりの良さと、同期で唯一退職理由を訊《き》いてこなかったところに好感が持てるのだ。

「ああそうだ。同期の宇田川《うだがわ》と和泉《いずみ》が結婚したぞ。結婚式の写真、見るか？」

口数の多くない不破に対し、雪室はよく喋る。結婚式の写真を見せるべく、彼はスマホを取り出した。そのスマホから吊るされたストラップが見えた。

「そのストラップ、手作りか」

不破は気になって問い掛けた。ただのストラップなら指摘しなかっただろうが、それはいかにも手作りらしかった。透明な四角形の袋が付いていて、中には紙の切れ端に書かれた絵が入っている。非常に上手《うま》く描かれた雪室の似顔絵だった。

「ああ、これか。うんまあ、良《い》いだろ」

雪室は急に歯切れの悪い言い方になった。ごまかすのが下手な男だが、不破は追及しないでおこうと思った。退職理由を訊いてこなかったお礼だ。

しかし、手作りのストラップとはなかなか手が込んでいる。雪室は絵が下手なので、絵の上手い恋人でもできたのだろうか。ストラップが結ばれている紐《ひも》だって、スマホから突き出たリングに掛けられていた。仕組みがよく分からないが、スマホに手を加えてリングを付けでもしたのだろうか。

「それより、このストラップホール、珍しいだろ。イヤホンジャックにこう、差し込んで回して固定すると、ストラップをぶら下げられる優れものだ。イヤホンを差したい時は、こうしてねじみたいに回せば取り外せるんだ」

雪室は中空でねじを回す仕草をしてみせる。どうやら見た目に反して取り外し可能らしい。それにしても雪室は、ストラップホールになる道具をわざわざ購入したわけだ。そこまでするとは手間暇かけている。

「このストラップホール、海外製の珍しい奴でさ。ネットで購入したんだけど、ちゃんとスマホに合うかどうかドキドキだったよ」

ごまかすようにまくし立てる。下手なやり方だが、不破はそれに乗った。ネットで買ったのか、それで値段は、などと相槌《あいづち》を打って話題を逸らす。

「ところで、なんだが」

話が充分に逸れたところで、不破は切り出した。

「通り魔の捜査の方は、どうなんだ」

雪室のジョッキを持つ手が止まった。お気楽な調子だった彼の表情に、暗い影が差す。

「さすがに、お前はもう部外者だからな。教えられないよ。申しわけないけど」

雪室は、断固とした口調で断った。残念だったが、こうなることは織り込み済みだ。それよりも、先ほどの反応でおおよそのことは察した。

「捜査は停滞しているんだな。俺も自分で調べているが、犯人の目星は全くつかない」

不破はそれだけを言った。雪室は困ったように黙り込む。

桜台を騒がせる通り魔。この町で塾講師のアルバイトを始めてから、不破はずっと通り魔のことが気になっていた。独自に情報を集め、犯行日時などデータを細かく頭に叩《たた》き込んだ。刑事時代の習性のようなものだった。

こんなことをしても意味がないというのは分かっていた。だが、気になる事件があれば調べずにはいられないのが彼の性分だった。身近で起こっている事件なら、なおさらだ。

「通り魔については何も教えられない。深入りするのもやめてくれ。頼む」

沈黙を破って、雪室が口を開いた。不破は黙って頷き、これ以上この話題を引っ張らないことに決めた。

「それで、塾のバイトの方はどうなんだ」

話題を変える意味もあっただろうが、雪室はそう訊いた。明るい表情に戻ったので、もともと訊きたい質問ではあったらしい。

「塾か。まだ慣れない、というところかな」

不破は正直な思いを吐露した。四ヶ月勤めはしたが、塾講師はまだまだ未知の世界だ。生々しい事件に関《かか》わり続けた刑事時代とは違い、純粋な子供たちと接する仕事には正直むず痒《がゆ》いところがある。

「そうか。でも、時間が解決してくれるだろうな。俺は絶対、向いていると思う。だから勧めたんだ」

塾講師のアルバイトを勧めてきたのは、他でもない雪室だった。退職を決めて先行きが見えなかった中、彼が塾講師はどうだと助言してきたのだ。不破は有名私立大学卒で、勉強に滅法強かったという点を評価したのだろう。しかし勧められたのは、塾として一般的にイメージされる集団塾ではなく、個別指導塾だった。雪室はそこがポイントだと言っていた。

何でも、雪室は大学生の頃に個別指導塾で講師のアルバイトをしていたそうだ。四年間勤め上げ、バイトリーダーにもなったらしい。退職後のことを何も考えられなかった不破は、その経験と熱意に負けて、今のアルバイト先を選んだ。雪室は、ゆくゆくは正社員登用を目指せと言ってくれたが、果たしてその道が正しいのかどうか、今の不破は判断をつけることができないでいた。

「俺は今の仕事に向いているんだろうか」

不破は素直な思いを打ち明けた。人の良い雪室相手なら、彼は正直になれる。

「警察組織で培った真面目さや厳しさは、どうも生徒たちには通用しないようなんだ。眠そうな生徒に立って勉強をしろと言ってしまったりと、ついつい生徒を管理して厳しくしてしまう。はっきり言って怖がられている。性格上、他の講師のようにタメ口では話せないしな。この前は、先生は通り魔なんじゃないですかと生徒に追及された」

雪室は真剣に聞いていたが、さすがに通り魔に疑われたというくだりで吹き出した。

「お前が通り魔か。それは意外な犯人って奴だ」

「笑いごとじゃない。それだけ俺は、生徒たちに怖がられているんだ」

あの時、不破は生徒の考えを軽くあしらおうとした。しかし、生徒たちがあまりに真面目な顔をしていたので無下にできず、真摯《しんし》に対応したのだった。

「大丈夫だよ。お前は今の仕事に向いている。いずれ生徒から人気が出るさ」

雪室は気楽そうに笑うが、不破は今一つ納得できない。

「向いているって、一体どこがどう向いているんだ」

思わず問い掛けると、雪室は待っていたぞとばかりに身を乗り出した。

「お前は、人と信頼関係を作るのが上手だろ。同僚、先輩後輩、上司、聞き込み相手、ひいては被疑者。お前が色んな人と上手く関係を作ってきたのを俺は知っている。そして、生徒と近い距離で接する個別指導塾も、生徒との信頼関係が命だ。つきっきりで勉強を見てくれる講師と信頼し合えているなら、生徒も勉強をしようという気になるだろ。極論を言えば、個別指導塾では勉強の指導力より、そういった関係を作る力の方が重要だと俺は思っている」

雪室は熱弁を振るう。塾講師アルバイトに誇りを持っていたとは聞いていたが、かなりの思いがあるようだ。

「お前は真面目で厳しい指導が通用しないと言っているが、指導の軸にすべきはそこじゃない。厳しいか、厳しくないかじゃなく、一方的に管理するか、信頼関係を築いて一緒に頑張っていくか、なんだ。関係がきちんとできていれば、多少厳しくても生徒はついてくる」

それは今まで持ったことがない視点だった。

「そうか、信頼関係か」

不破は生真面目に頷き、残り少ないビールを喉に流し込んだ。


不破は通り魔ではなかった。

その事実を、梨央は受け入れたようでいて、本心では受け入れられなかった。ICカードの履歴は間違いのないものだ。でも、梨央の疑いを軽くあしらわずに、真面目に対応した態度は気になる。もしかして、ICカードの履歴を偽装したんじゃないか。そんなことまで考えてしまう。

ただ、その思い付きに根拠はない。言ったところで認められないことも分かっていた。そうなると攻めるべきは不破の通り魔説ではなく、どう見てもおかしな萌絵の行動の方だ。

「結局、萌絵が授業時間変更を言い出したのはどうしてなのかな」

一番星学院前の自販機でジュースを買いながら、梨央は言った。親の命令で朝から夏期講習を受けた後、鋭い日差しの下ではあるけれど、冷たく爽やかなジュースを飲むのは癒《いや》しの時間だ。

「小笠原か。不破先生のせいでなかったとなると、また別の理由を考えないといけないな」

梨央の隣にいる龍也は、自販機から出てきたコーラのボトルの蓋《ふた》を開け、それを喉に流し込んでから答える。

「ま、一応、考えはあるんだけど」

「えっ、あるの？」

梨央はジュースでむせそうになった。

「ああ。不破先生に通り魔説を否定された後で考え付いたんだ。どちらかというと、こっちの方が正しい気がする」

「気になる。教えて教えて」

期待して頼み込む。だが龍也は首を振った。

「どうせなら、本人の前ではっきりさせよう」

本人？　と首を傾げたその時、龍也は一番星学院の方に目を向けた。その視線を追うと、入り口から萌絵が出てきたところだった。彼女はそのまま自販機の方へとやって来る。

「梨央、龍也くん」

萌絵は微笑《ほほえ》みながら歩いてきた。相変わらず抜群に好印象の笑顔だ。

「小笠原も休憩か」

「うん、ジュースでも飲まないと疲れが溜《た》まっちゃう」

萌絵は硬貨を自販機に入れ、カフェインが多く入っていそうなエナジー系のドリンクを購入した。

「そんなもの、飲んで大丈夫？」

梨央は心配になって尋ねる。梨央の母親はそういった飲み物を警戒していて、娘には絶対飲ませないのだ。

「大丈夫だよ。私、よく飲んでるし」

萌絵は一気にドリンクを呷《あお》った。この子、体に悪そうなものも飲むんだ。梨央は意外に思った。

「さて、栄養補給もしたところで話をしようか」

萌絵がドリンクのボトルから口を離したところで、龍也は切り出した。

「はっきり言うぞ。小笠原は家で虐待を受けているな」

本当にはっきり言った。萌絵は微《かす》かに青ざめて、ドリンクを取り落としそうになる。

「私が、虐待？　龍也くん、何言ってるの」

萌絵は苦笑して言い返すが、龍也は真剣な表情だ。

「家で虐待を受けるのがつらくて、小笠原は死にたいと思った。だが、自分で死ぬのはそう簡単じゃない。だから、わざと通り魔に襲われやすい時間帯に授業を入れたんだ。通り魔は命までは奪っていないけど、抵抗でもすれば殺してもらえると思ったんだろう。小笠原の目的は、通り魔に襲われること、それ自体だったんだ」

一気にまくし立てる龍也を前に、萌絵は怯《おび》えたように一歩後ずさった。

もしかして本当に虐待を受けている？　そう思ったが、どうもその考えには現実感がなかった。

「でも龍也、あの優しそうなご両親が虐待をするっていうのは、私、ちょっと信じられない」

　塾に面談に来た時や、家を訪ねた時に見た、萌絵の親の上品さが思い出される。虐待というのは、正直しっくりこない。

　もちろん、上品で穏やかな親でも、家に帰れば鬼に変わるという例はいくらでもあるだろう。しかし直感的に、萌絵の親と暴力は結び付かなかった。

　だが、その疑問は龍也の言葉で溶けるように消えた。

「暴力的な虐待じゃない。いわゆる教育虐待だ」

　梨央ははっとして、六月にあった学校での講演会を思い出した。深夜まで幼い子供に受験勉強をさせる。親の決めた志望校に受かるまで何浪でもさせる。講演会で聞いた恐ろしい虐待の例が、今も記憶に残っていた。

「小笠原の親——特にお母さんだろうな——は教育虐待を行っている。小笠原は、夏休み中は朝から晩までずっと塾にいるし、夏休み前も自習で四時過ぎから来て、塾の授業が終わる九時四〇分までずっといる。夜は夕食も我慢しているよな。勉強が大事だからと、部活もほとんど行っていないらしいじゃないか。前に家に行った時も、あんな朝早い時間から勉強していたのが良い証拠だ。家に来た友達に会わせもしなかったのもおかしい」

　萌絵の手に力が入っていた。握られたボトルが少しへこんでいる。

「きっかけは学校での講演会だろう。それまで自分が虐待を受けていると気付かなかった小笠原は、その日に教育虐待というものを知った。それ以来、逃げたくても逃げられない親からの束縛に苦しみを感じて、ついには死にたいと思った。そして通り魔に襲われようと、授業時間変更を言い出したんだ」

「違うよ、龍也くん。私は自分の意思で勉強をしているし、塾にだって自分から希望して来ているんだよ」

萌絵は笑顔で言い返した。だが、その笑顔はぎこちなく、口元は歪《ゆが》んでいた。

「本当にそうか。小笠原は、心から勉強をしようと思ってやっているのか」

龍也が言い返す。萌絵は唇を固く閉じて、ついに笑顔をなくしてしまった。

「ごめん、私、自習室に戻らなきゃ」

梨央たちに背中を向けて、彼女は一番星学院に戻って行った。その足取りは妙に早足で、受け答えの態度も合わせるとどう考えても変だった。

「萌絵らしくない。やっぱり、教育虐待を……」

「ああ、間違いないだろう」

龍也は自信のある声で言った。教育虐待。講演会で聞いて知ったつもりになっていたが、実際にそうかもしれないケースに出合って、梨央は戸惑っていた。

「どうしましたか」

不意に背後から声を掛けられて、梨央と龍也は飛び上がった。二人が振り返ると、そこには出勤してきた不破がいた。駅の方から来て、梨央と龍也を見つけて近付いてきたらしい。

「不破先生、びっくりしました」

梨央がほとんど文句のように言うと、不破はすみません、と表情を変えずに謝った。

「あの、どこから見ていましたか」

龍也が恐る恐る問い掛けた。萌絵とのことを見られたかと心配しているようだ。

「どこからも何も、今来たところですから。何も見ていません」

龍也はほっとしたように息をついた。

「休憩もいいですが、勉強もしっかり頑張ってください」

不破はいかにも講師らしいことを言い残し、一番星学院の方に向かった。


本日最後の、八時一〇分からの授業中。不破は、授業報告書を書いていた。これは保護者向けに講師が書くもので、記入後は生徒が家に持って帰る。A４用紙に一ヶ月の授業回数である四回分が収められていて、五行の授業報告欄、宿題実施率欄、次回までの宿題欄などからなっている。

講師は授業ごとに、指導の合間を縫って授業の様子を記さなければならない。どんなに授業が忙しくとも、授業時間九十分以内に全《すべ》て書き上げないといけないので、場合によっては大きな負担になる。とはいえ、この報告書は保護者との貴重なコミュニケーションツールだ。保護者との電話連絡や面談は基本的に室長が行うので、講師が保護者と情報をやり取りできるのは、この報告書だけなのだ。コメントのやり取りを経て、保護者との信頼が深まっていくことも往々にしてあるという。決して疎《おろそ》かにはできないものだ。

「先生、関係代名詞の that はどんな場合でも使えるんですよね」

萌絵が質問を口にした。八時一〇分からのこのコマは、彼女の授業だった。

「おおむねその通りです。which と who が使えるなら、どちらも that で置き換え可能です。ただし、所有格は whose を使うので、that は使うことができません」

「ああ、そうだった。忘れていました。ありがとうございます」

萌絵は瞳に理解の色を滲《にじ》ませ、またノートに答えを書き連ねていく。彼女は真面目で、レベルの高い内容にもついてくる。この関係代名詞についても、普通の生徒なら秋頃に学習する単元だが、萌絵は先取りして予習する余裕があった。

それにしても、と不破は塾内を見回した。八時一〇分からのこの時間は、生徒の数が少ない。お喋りはほとんどなく、静かな時間が流れている。通り魔のせいで現在不人気なのだ。その影響で、萌絵との授業は一対一になっている。彼女と同じコマには誰も入らなかったのだ。もともとこのコマは一対二になっていたのだが、通り魔事件発生以降は徐々に人数が減っていき、萌絵がこの時間に入ったのと入れ替わりで、前の生徒は早い時間に移ってしまった。

「先生、できました」

萌絵の問題演習が終わった。不破が素早く採点すると、予想通りの満点だった。

「さすがですね。では次のページのさらなる発展問題に移りましょう。今度は時間を測って、そうですね、十分以内に解くことにしましょうか」

萌絵が早速ページをめくる。彼女に関してだけは、厳しく接してもうまくいっている感覚があった。難関校を目指しているだけに、本人が厳しい指導を望んでいるというところもあるのだろう。

萌絵は次々と問題を解いていく。今日解く予定だったページを全て終えても、彼女は余裕があるようだったし、まだ解きたいという意欲もある様子だ。

だが、授業報告書を書き終えた不破は、壁の掛け時計を見上げて言った。

「さて、残り十五分ですか。小笠原さん。少しよろしいですか」

声を落として話しかける。萌絵はきょとんとした表情を浮かべていた。

「ちょっと場所を移動しましょうか」

不破は席を立って先導する。萌絵は戸惑うようについて来たが、自習室に入るに至って緊張した面持ちになった。

この遅い時間帯には、自習室で自習をしている生徒はいなかった。中に入ってドアを閉め、席を勧める。室内側にも窓があり、塾内から様子が見えるとはいえ、さすがに緊張するだろうと不破は思った。

とはいえ、これは周囲に誰もいない環境を作ることで、内密な話をしやすくするテクニックだ。周囲に人がたくさんいる場所よりも、誰もいない場所の方が内緒話をしやすい。

難しく言うと「集団圧力を下げる」というやり方だ。刑事時代にも、被疑者や証人と秘密の話をする際にこの方法をよく使った。

「小笠原さん、不安がらなくても大丈夫です。ここなら誰も聞いていませんし、ここで話したことを、あなたの許可なしに私は絶対に漏らしません」

さらに不破は、明確なルールを以《もっ》てこの場が安全な場所であることを示した。安心できる場所では、被疑者も証人もよく喋った。暴力団からの報復を恐れていた証人も、取調室で調書を取らず、絶対に外部に漏らさないと約束すると、積極的に証言してくれたものだ。とはいえ、この自習室が安全な場所だというのは、口先だけでは信じてもらえない。信じてもらえるかどうかは、不破のこれからの言動にかかっていた。

「先生、これは一体……」

なおも不安そうな萌絵が問い掛ける。不破はそんな彼女の前の席を反対向きにして向き合うのではなく、隣の席に腰を下ろした。二人が並んで座る格好だ。これは「横並びの効果」と呼ばれる、並んで座れば話しやすくなるという心理的なテクニックだ。刑事時代は、公園のベンチなどを利用してよく駆使した手法だった。

「小笠原さん、八時一〇分からのコマはいかがですか」

不破はいきなり本題に入らず、その前提から話を始めた。

「そう、ですね。教室が静かなので、やりやすいかもしれません」

萌絵は困惑した様子でそう語った。しかし、どこか事情を悟ったようでもある。

「授業時間を変更して、正解だったと思いますか」

「はい。この静かな環境で授業ができるのなら、正解だったと思います」

「それは良かったです。勉強をしやすい環境が一番ですから」

会話をしながら、次の一言を計算する。萌絵が話しやすくなるよう、不破の脳裏には様々な選択肢が浮かんでいた。

「ですが帰り道は危なくありませんか。夜遅い時間帯ですから」

話を徐々に本題に近付けると、萌絵はたじろいだ。やはり狙いには気付かれているようだ。

「お母さんが迎えに来てくれるので、問題ありません」

「それは安心です。しかし、車のところまでは、暗い道を歩かなければなりませんね。それは問題ないですか」

「何とかなります。せいぜい数分のことですから」

萌絵は警戒した様子で返答を繰り返す。とはいえ会話の流れはできたので、そろそろ訊くべきか。

「ところで、先ほど授業時間を変更した結果、静かな環境で良かったと言いましたね。その言い方ですと、結果的に静かな環境だっただけで、当初の授業時間変更の目的は別にあったように聞こえましたが、その点はどうなんでしょう」

言葉尻《じり》を捉えた効果か、萌絵は分かりやすく声を詰まらせた。

「あの、私、そんなつもりで言ったわけじゃ……」

萌絵は涙目になった。しっかりしているとはいえ、やはりまだ中学生だ。あまり追い込むのは得策ではない。

「小笠原さん、あなたはいつも、勉強をとてもよく頑張っていますね。私の厳しい指示にもきちんと従って、テストや模試でも結果を残しています。そんなあなたを責めるようなことは、私は絶対にしません。秘密も守ります。だから、話せる範囲でいいので、悩みを話してくれませんか。困っているのなら、私は力になれると思います。問題があるなら、一緒に解決していきませんか」

相手のことは非難せず、一緒に問題解決を図りたいとアピールする。これらも刑事時代に先輩に教えてもらったテクニックだ。怒鳴られたり、悪い結果を想像させられたりすると、被疑者だろうが証人だろうが、誰だって口を噤《つぐ》んでしまう。

「先生、私……」

萌絵は僅《わず》かながら安心したようだった。涙が引っ込み、顔に血色が戻った。

こうなれば後はひと押しすればいい。不破は自らの過去を語った。

「私の両親は、とある職業に就いていましてね。私にもその職業に就くよう強く迫ったんです。私は抵抗できないままその職に就きましたが、わけあって退職し、この一番星学院に来ました。今にして思えば、親の言うことが全てなのではなかった。そのように思います。私はそのことに気付くのが遅れました。でも、小笠原さんにはそんな後悔はしてほしくないんです」

自分のことを話す、いわゆる「自己開示」だ。相手に自己開示をされると、大抵の人は自分も自己開示をしたくなる。「自己開示の返報性」という原理だ。萌絵にもそれが生じることを期待して、不破は自分の過去を語った。

「どうですか。私を信じて、授業時間を変更した本当の理由を教えてもらえませんか」

そして、だめ押しの問いを口にした。萌絵との間に信頼関係ができていることを感じていたからこそ、できた質問だ。厳しいながらも、彼女のことを考えた勉強の指導。授業の事前準備を欠かさない丁寧さ。頭の回転が速い萌絵なら、そのことには気付いているはずだった。

萌絵は不破のことを見上げ、覚悟を決めたように真っすぐな視線を送った。

「先生、私のお母さんはやっぱり、教育虐待をしているんでしょうか。私はそれを確かめるために、授業時間の変更を言い出したんです」

不破が考えていた通りの真相だった。森本梨央と、沖野龍也の考えとも一部合致する。だが、あの時聞いた、萌絵を問い詰める二人の会話からすると、二人の考えは肝心なところでズレていた。

「最初に不安になったのは、六月にあった学校での講演会の時です。教育虐待という言葉を知って、うちのお母さんももしかして、と思い始めました。もともとお母さんは勉強に厳しくて、家でも勉強を見てくれるんですけど、遅い時間まで勉強するよう言ってきたりするんです。友達が家に遊びに来ても、勉強をしているからと追い返したりして……」

萌絵は淡々と語っていく。

「前に熱があると言って、塾を休もうとしたのも仮病です。お母さんがどんな対応を取るかを確認して、教育虐待かどうか見極めようとしたんです。でも、お母さんは仮病を疑って、本当なの？　と訊き返してきました。娘の体調より仮病を疑うのかと、ショックでした。その時から、私はお母さんのやっていることは教育虐待だと思うようになりました」

萌絵にとっては大いにショックだっただろう。当たり前として嫌々ながら受け入れてきたことが、虐待と名付けられる行為だったのだから。

「ですが私は心のどこかで、まだお母さんの優しさを信じていました。だから、授業時間を遅い時間帯に変更したいと言い出したんです。通り魔に襲われる危険性がある時間への変更に、お母さんがどんな反応を示すか。それを見て教育虐待かどうかを改めて判断しようとしたんです。一応、通り魔を警戒して自習は八時一〇分まででいいとお母さんは言っていたんですが、敢《あ》えて八時一〇分からの授業を取ればどう反応するかを見たかったんです」

授業時間変更の申し出は、さながら萌絵の悲痛な叫びだったのだ。不破は、もっと早くに気付いていればと悔やんだ。

「授業時間変更を止めてくれれば、お母さんは私のことを考えてくれている。教育虐待じゃない。でも変更を認められたらどうしよう。怖くて内心震えながら待っていました。すると、授業時間変更が認められました。お母さんは勉強のことしか頭にないんだ。ショックでおかしくなりそうでした」

こうした葛藤《かっとう》が、萌絵の様子をおかしくしていたようだ。

「先生、このことをお母さんに言いますか」

萌絵はまた、涙目になって問い掛けた。母親に授業時間変更の理由を知られることが、彼女にとっては一番怖いのだろう。相手が最も恐れていることを知り、その心配を取り除いてあげる。それも本音で対話するためのテクニックの一つだ。

「大丈夫ですよ。小笠原さんが望まない限り、私は誰にもこのことは告げません」

「そうですか。ありがとうございます」

萌絵はほっとしたように目元を拭《ぬぐ》い、頭を下げた。最初に提示した約束を、一貫性を以て守り続ける。こうしたブレない軸を持つことは、相手を信頼させるのに大いに役立つ。

「もう話したいことはないですか」

「はい、全部話せました。何だかすっきりした気分です」

清々《すがすが》しさを感じさせる表情になって、萌絵は言った。これで目標の一つはクリアした。

ただ、この次の段階がなかなか難しい。不破は慎重に会話を続けた。

「ここからは提案です。無理なら無理と断ってもらって構いません。そのことで私は怒ったり不快に思ったりは一切しません。あくまで一つの案の提示です」

萌絵が首を傾げる。しかし、不破は入念に前置きを入れてから話し出した。

「今の話を、お母さんに伝えませんか」

萌絵は驚いて目を見開いた。どこか非難がましい顔つきにすらなっている。不破にとっても、これは賭《か》けだった。刑事時代のノウハウ通りなら、母親に経緯を告げるのは絶対に避けるべきだろう。しかし、この方法こそが最善の手だと不破は考えている。

「小笠原さんが一番知りたいのは、お母さんに虐待の認識があるかどうかですよね。そのことは、お母さんに直接訊かない限り絶対に分かりませんよ」

不破が訴えかけると、萌絵の瞳が揺らいだ。

「だけど、お母さんが怒ったり、虐待の認識があるって言ったりしたら、私、立ち直れません」

その意見は尤《もっと》もだった。しかし、不破はそんなことはないと踏んでいた。そうさせない方法も考え付いている。

「では、私がついて行きましょう。一緒にお母さんに伝えて、答えを聞くんです。そうすればお母さんも落ち着いてくれるはずです」

萌絵は目を丸くした。が、すぐに落ち込んだように肩を落とす。

「その場では落ち着いてくれても、家に帰ってから怒られるかもしれません」

ありそうな話だ。でも、不破は敢えて強気で押し通した。

「ですが、お母さんはそんな人なのですか。小笠原さんが素直に訊いたことで怒ったり、残酷な答えを言ったりするような人なのですか」

「いえ。私は、お母さんは優しい人だと思います」

萌絵は不安そうだったが、期待するような眼差しを送ってもいた。

「それなら、訊いてみるべきです。このままずっと訊かずにいるよりも、はっきりと答えを聞いて安心しておきましょう」

「……分かりました。そうします」

決意が固まったようだった。不破はひとまず安堵《あんど》し、それではと言って腰を上げた。

「長い前置きがありましたが、授業ブースに戻りましょう。そろそろ授業終了時間です。荷物を持って、お迎えに来たお母さんのところに行きましょう」


不破は、萌絵と並んで暗い夜道を歩いていた。一番星学院から、車を停められる広い道路までの道だ。生徒たちが不安がる通り、街灯が少なく薄暗い。こんな闇《やみ》の中を毎回歩きながら、萌絵は心配だったろう。せめて彼女の胸の中にある闇だけは、今日で晴らしてあげたかった。

しばらく歩くと、白いボディの軽自動車が停まっているのが見えた。それを見て、萌絵が足を止める。

ためらう彼女の先に出て、歩道に面した助手席側の窓をノックした。窓が下がって、中から萌絵の母親の上品な顔が現れた。

「こんばんは。一番星学院の講師、不破です」

挨拶《あいさつ》をすると、母親はあの時の、と頭を下げた。先日の面談のことを覚えてくれていたようだ。

「先生、どうされたんですか。萌絵に何か……」

母親はシートベルトを外し、心配そうに車から降りてくる。だが、不破の背後に萌絵がいるのを見つけて、安心したように息を吐いた。

「萌絵、どうしたの。早く帰りましょう」

母親は手招きする。しかし、萌絵は決意を込めたようにこう言った。

「お母さんは、私に教育虐待をしているの？」

面食らったように母親は言葉を失った。

「お母さんにとっては、私が勉強することが一番大事なの？　私が健康でいたり、楽しく毎日を過ごしたりするより、勉強の方が大事なの？　だからいつも、家でも塾でも勉強しなさいって厳しく言うの？」

萌絵は思いの丈をぶつけた。彼女の震える瞼《まぶた》からは涙がこぼれ落ちている。

「私は、勉強するためだけに生きているんじゃない。楽しく、健康に毎日を過ごしていくために生きているの。そうでしょ、お母さん」

昂《たかぶ》った萌絵の声は、かわいそうなほどに震えていた。だが、それだけに真摯な響きを持っていた。

母親は呆然《ぼうぜん》として、悲しそうに萌絵を見ている。空気が張り詰める中、しかし不意に母親は口元を緩めた。

「馬鹿ね。こっちへいらっしゃい」

彼女は歩み寄り、立ち尽くす萌絵を抱きしめた。

「あなたの幸せや健康が一番大事に決まっているでしょう。お母さん、萌絵のことが大好きなのよ。虐待なんてするはずがないでしょう」

萌絵はしばらく抱きしめられるままにしていたが、やがて声を上げて泣き始めた。赤ん坊のような泣き声だった。

「お母さん、お母さん」

赤子に返ったように泣きじゃくる。母親は優しくその頭を撫《な》でていた。

「勉強をさせているのは、萌絵の将来を考えてのこと。でも、しんどくなったら休んでもいいのよ。無理はしないで」

これでいい。不破はそう思い、二人に背を向けて歩き出した。これが彼にできる精一杯のことだった。

梨央は、不思議だ不思議だとしきりに繰り返していた。

夏期講習中の一番星学院。その外にあるベンチで、彼女は首を傾げていた。もうすぐ午後六時だが、夏の日差しはまだまだ容赦がない。首筋にも汗が浮かんでいるが、それが気にならないほど彼女は考え込んでいた。

「萌絵の様子が変わったよね。暗い表情を見せなくなった。なんで?」

問い掛けられた龍也は、さあな、と言ってコンビニで買ったアイスを齧《かじ》った。

「龍也の考えた、教育虐待のセンは良いと思ったんだけどな。でもなんで急に様子が変わったんだろう。バンボシでの授業も、一つ前の六時半からに戻したみたいだし」

梨央がいくら頭を捻《ひね》っても、答えは見つからなかった。その間、彼女がコンビニで買ったアイスは、包装されたままベンチの上で手つかずになっていた。

「俺が思うに、自己解決したんじゃないか。自分の中で折り合いをつけたか、親と話し合ったか」

「そうかもね。でも、何か気になるんだよね。萌絵の様子が変わったのって、不破先生の授業があった次の日からだから」

もしかして不破が何かしたのかと疑うが、証拠は何もなかった。

萌絵に直接訊いたこともある。だが彼女は大事なことは何一つ答えないで、ただこう言ったただけだった。

『不破先生はね、すごく良い先生だよ』

梨央にとって、よく分からない発言だった。

「あーあ。どういうことなんだろう」

両手を投げ出して、ベンチの上に手を突く。その手が置いてあった彼女のアイスに当たった。

持ち上げたアイスはどろどろに溶けていて、梨央は大きな溜息をついた。

「あ、やっちゃった……」

不破が居酒屋に着くと、雪室はすでに飲み始めていた。先日訪れた、桜台駅前の同じ居酒屋だ。味が良く値段も良心的なので、不破はこの店が気に入っていた。

「おう、遅いぞ。そっちから呼びつけておいて遅刻とはどういうことだ」

雪室は愉快そうに笑った。頬《ほお》は赤く染まっており、それなりに飲んでいることが見て取れた。

「すまん。ちょっと寄るところがあって」

不破は席に着き、店員に生ビールを頼んだ。その後メニューを見て、焼き鳥やつまみも注文する。

「それにしても、お前から誘ってくるなんて珍しいな」

枝豆を口に放《ほう》り込みながら、雪室が視線を寄越す。刑事時代も、二人で会う時は大抵雪室の方から誘っていた。奇異に思うのは当然だろう。

「実は、塾の生徒に教育虐待を受けているかもしれない子がいたんだ」

前置きなく切り出した。雪室は枝豆を喉に引っ掛け、むせながら手をひらひらさせた。

「教育虐待だと。それは、おおごとじゃないか」

「そうなんだ。そのことで、今日は話をしに来たんだ」

不破は運ばれてきたジョッキに手も付けず、話を続けた。

「その生徒は小笠原萌絵というんだ。中学三年生、真面目な良い生徒だ」

「おい、ちょっと待て」

雪室は深刻な顔つきで制止した。

「生徒の名前まで出すのは良くないだろ。俺は部外者なんだ」

「いや、必要なんだ。頼むから話を聞いてくれ」

不破の圧が強かったので、雪室は引き下がった。

「彼女は、母親の教育虐待を疑った。それで授業時間の変更を申し出たんだが……」

ことの次第を、雪室は黙って聞いている。やがて話が全て終わると、彼はようやく口を開いた。

「平和な解決で良かったじゃないか。でも、俺に実名を出す必要はあったのか」

「ああ、必要はあった。なぜなら」

雪室の疑問に、不破は端的に答えた。

「あの家庭は教育虐待グレーゾーンだからだ」

雪室はぽかんと口を開けたが、すぐに笑って言い返す。

「それはそうだろ。だけど、その問題は解決したんじゃないのか」

「ところがそうじゃない。あの家庭の問題は相当根深いんだ。例えば、授業時間変更を結局は了承したり、小笠原さんの仮病を疑ったり、朝早くに来た友達を勉強中だからと追い返したり。小笠原さんがずっと塾で自習しているのも、家だと母親の監視が厳しく、精神的にしんどいからだ」

「そのことは母親が反省したんだから、別に問題ないんじゃないのか」

「いや、まだ終わっていない。あれだけのことで終わるほど簡単な問題じゃないんだ」

不破は自然と熱弁を振るっていた。

「決定的なのが、自宅での勉強時間だ。母親は面談の時、塾からの帰宅後に二時間勉強をさせていると言っていた。だが、授業終了は九時四〇分という遅い時間だ。塾から小笠原家までは車で三十分掛かる。そうなると帰宅は十時過ぎ。夕食は塾では取っていなかったから、食事と入浴の時間も必要だ。それらを合計一時間としよう。すると、この時点で十一時過ぎだ。そこから二時間。深夜一時過ぎになってしまう。ここまで勉強させるのが、果たして普通だろうか」

中学三年生の子供に深夜一時過ぎまで勉強をさせる。さすがに異様だと不破は感じる。

「しかも、朝も六時半から学校に行くまで勉強させていると母親は言っていた。朝起きてすぐに朝食を取るとして、時間は三十分ほどだろう。そうなると、起床は勉強開始の三十分前、六時になる。深夜一時過ぎまで勉強をしてすぐに寝たとしても、起床が六時なら睡眠時間は五時間を切る。中学生には少々酷じゃないか。実際、小笠原さんは睡眠不足による眠気を防ぐために、エナジー系のドリンクを常用している」

不破の説明に、雪室は苦い表情を浮かべた。

「そんな母親が、そう簡単に教育をあきらめるはずがない、か」

「その通りだ」

雪室は、せいぜい勉強に厳しいという程度の母親を想像していたのだろう。だが、不破が導き出した姿は、その想像を超えていた。

「でも、塾に来て面談をして、娘の授業時間変更を心配していたんだろ。だったら良い母親なんじゃないか」

僅かな望みを抱いたのだろう、雪室は反論を試みる。

「いや、違う。それは本当に心配しているからそうしたんだ。教育虐待は、子供のためだという思いが過熱して起こることが多い。気に掛けすぎが原因になることが思いの外あるんだ」

「だとしたら、心配しているから教育虐待じゃないということは」

「あまりないな。少なくとも、教育虐待の判断の根拠にはならないだろう」

雪室は椅子に背を預け、思案するように視線をさまよわせた。酔いはすっかり醒《さ》めたようだ。

「こうなったら、虐待案件として児童相談所が動くべきか」

雪室が警察官の顔になった。しかし、不破はかぶりを振る。

「動くべきではないな。そもそも教育虐待は、暴力がない限り虐待としては立証しづらい。

今回のケースはグレーゾーンだから、より立証は難しいだろう。親もよかれと思ってやっている場合が多いから、説得するのも困難だ」

「そうだな。恐らくその生徒さんは暴力は受けていないようだから、立証はほぼ不可能だろう。夜と朝の勉強も、言い間違いだったと言い返されればそれまでだ」

頷きながら雪室はジョッキを傾けた。

「じゃあ結局、このまま様子を見るしかないのか。何とも歯痒いな」

雪室はジョッキを叩きつけるようにして置く。だが、不破には僅かな策があった。

「なあ。俺が今日この店に遅れてきた理由が分かるか」

「遅れた理由だって。そんなもの、分かるかよ」

「小笠原家の前まで行ってきたんだ」

雪室の目が見開かれた。

「少し遠いが、桜台駅前交番のパトロール区域だ。気に掛けてやってくれないか」

不破は頭を下げた。これが、彼にできる精一杯のことだった。

「そうか、それで俺に実名を出して話したんだな。俺に注意して小笠原家を見張るよう依頼するために」

参ったと両手を挙げる雪室に、不破は強い視線を送った。

「頼むよ。教育虐待のことを小笠原さんの口から母親に告げさせることで、牽制《けんせい》はした。後は警察官がよく見回りにくると思わせることができれば、母親は少し虐待の手を緩めるかもしれない。暴力のような最悪の事態への発展も止められるはずだ」

母親に教育虐待を意識させること。微力ではあるが、それこそが最善の一手だと不破は考えていた。

「塾講師は家庭のことには踏み込めない。だからこうするしかなかったんだ」

無力感を嘆く不破に、雪室は頭を掻いた。

「してやられたよ。そんなことを言われちゃ、小笠原家を意識せざるを得ない」

たとえ見張る気がなくても、雪室は小笠原家を気にするようになるだろう。それが少しでも抑止力になることを不破は狙っていた。

「親による子への勉強の指導が全部間違いとは思わない。でも、小笠原さんは強い不安を訴えていた。子供をそれほどまでに不安にさせる教え方は正しくないだろう。きっと信頼関係がうまく機能していないんだ。そんな状況で厳しく勉強をさせても、誰も幸せにはなれない」

不破は雪室に教えてもらった、信頼関係と厳しさとの関係を思い出しながら言った。信頼関係があれば、ある程度厳しく教えても大丈夫だ。しかし信頼関係が結ばれていないままだったら？　それは想像するに恐ろしいことだ。

「それにしても、塾の情報を漏らしてまでその生徒を守ろうとするんだな」

雪室がふっと息を吐くので、不破は首を捻った。

「塾講師なら生徒の個人情報は守ろうとするだろう。それに、家庭の内情に踏み込まないというのも、塾講師の鉄則だ。お前自身も言っていたからな。でもお前は、警察官の俺に情報を提供し、家庭の事情に踏み込んだ。お前は今もなお、心は警察内部の人間なんだな」

不破は驚きを覚えた。自然な行動として、萌絵のことを雪室に告げただけのつもりだったのに……。

「今は、緊急事態なんだ。仕方のない対応だった」

不破はごまかそうとする。だが、雪室の言葉は不破の胸に刺さり、消えずにいた。

——お前は今もなお、心は警察内部の人間なんだな。

「まあ、パトロール時には小笠原家を注意して見ておくよ」

雪室の返事は、不破にはあまり聞こえていなかった。警察への未練は捨てたはずだったのに。心中でもやもやとした不安が込み上げていた。

第二話　見えない犯人——二学期

通り魔が捕まった。そのニュースは、桜台じゅうに安心をもたらした。

四月から桜台の住人たちを恐れさせていた、憎き通り魔。早く逮捕されてほしいと皆が願っていた中、最初の事件から六ヶ月経《た》った十月末——とうとう容疑者が逮捕された。

全国的にも話題になっていたので、どのテレビ局もニュースで扱った。これでようやく、夜に外を歩ける。桜台の住人たちはほっとしていた。

逮捕されたのは、三十八歳の無職の男だった。前々から近所の住人に警戒されていた人で、道ですれ違っても挨拶《あいさつ》をせず、昼間はアパートの部屋に引きこもって夜は居酒屋に飲みに行く生活を送っていた。逮捕されたと知った時には、近所の住人はやっぱりと口を揃《そろ》えたそうだ。

逮捕のきっかけは、町に設置された防犯カメラだった。ようやくカメラがはっきりと映し出した犯人の体格と服装が、男にそっくりだったのだ。

九月にあった六件目の犯行の時、犯人は防犯カメラ映像に大きく姿を残した。グレーのパーカーのフードを頭にかぶり、濃い紺色のジーンズを穿《は》いていた犯人。マスクをつけてフードをかぶっていたので、顔はよく分からなかった。男性か女性かもはっきりしない。

だが、ニュースでその服装についての情報が流れるとすぐ、問題の無職の男の服装と似ているという電話が何件も警察に掛かってきた。警察は男を取り調べたが、彼はやっていないと言い続けた。そこで、正式な逮捕をしたということらしい。

とにもかくにも、これで桜台はひと安心。誰《だれ》もが重たい荷物を下ろした気分だった。

しかし、思わぬ展開がこの後に待ち受けていたのだった。


「通り魔で逮捕された人、無実だったみたいだね」

やっとのことで暑さが過ぎ去って、一気に涼しくなってきた日暮れ時。一番星学院前のベンチで、梨央はぼんやりとつぶやいた。

「ああ、冤罪《えんざい》だったみたいだな。アリバイが証明されたらしい」

隣に座る龍也は頷《うなず》いてから、警察の捜査の問題点を口にし始めた。

「居酒屋で飲んでいたらしいな。被疑者はずっとそれを主張していたみたいだけど、警察の調べでは目撃者が見つからなかった。でも、逮捕後にニュースを見て名乗り出た客から目撃証言が取れたそうだ。服装と背格好だけで逮捕を急いだ、県警の大きなミスだ」

難しいことは龍也に訊《き》けばよく分かる。梨央は昔からそう思っている。今回もそうだと感じたので、彼女は気になっていたことを質問した。

「よく分かんないけど、警察は無実の人を逮捕したんだよね。逮捕された男の人、テレビで文句言ってた」

「ああ、記者の質問に答えていたな。警察に対してかなり怒っていた。そりゃそうだろう。こんなこと、絶対にあってはならないんだから。記者との会話は全国ネットで放送されたから、県警の信頼はガタ落ちだよ」

相変わらず難しいことをよく知っている。梨央は感心した。

「冤罪被害って、大変なんだね。逮捕された人が言ってたけど、留置場暮らしは相当つらくて記憶から消えないぐらいだし、自由の身になっても周囲からの偏見が消えないんだって」

「そうだな。間違って逮捕された苦痛は一生消えないよ。ニュースを見て、改めてそのことの重みを知った人も少なくないだろう」

本当に、起こってはいけないことだったのだと梨央は強く感じた。だが彼女が気になっているのは、その結果振り出しに戻った通り魔事件の方だ。

「でも、結局本当の犯人はまだ捕まっていないんだよね。怖いな」

「そうだな。警察も必死で捜査をしているけど、真犯人にはたどり着けていない」

遠くから幼い子供のはしゃぎ声が聞こえた。この平和そうな桜台に、まだ悪意を持った犯罪者が身を潜めている。恐ろしい話だが、それは現実だった。

「不破先生、俺《おれ》、学校でいじめを受けているんだ」

担当生徒の斎木《さいき》慎一郎《しんいちろう》がそう告白したので、不破は動揺した。冬の訪れを感じさせる、木枯らしが吹きすさぶ十一月末。いつものように授業を行っていると、急に斎木がいじめを訴え始めたのだ。

「いじめ、ですか。それはどういうものですか」

否定せずに話を促した。夏に雪室の話を聞いてからというもの、不破は塾で信頼関係の構築に重きを置いていた。信頼関係を築くには、まずは相手の話を聞くことが重要だ。夏以降、彼は生徒の話を否定せずじっくり聞くことを心がけていた。

「先生、俺が受けているのは、ＳＮＳや裏サイトに悪口を書かれたり、学校で水筒とか上履きを隠されたりするいじめなんだ」

斎木は声を大にする。不破はただ、それをうんうんと聞いていた。

「犯人は分からない。ネット上の悪口は書き込み主が見えないし、ものを隠すのも俺の目を盗んでやっているみたいなんだ」

不破はなおも頷きながら続きを聞いた。

「でも、きっかけははっきりしてる。俺が学校に着て行った服が、通り魔のものに似ていたことが原因なんだ。グレーのパーカーに、紺のジーンズ。おまけに喉《のど》の調子が悪くてマスクをしていて、通学中に小雨が降っていたからパーカーのフードまでかぶっていたんだ。親が用意した服だったから、その日に初めて着る服だったのに、よく確認しなかったのが失敗だったよ」

不破は、ニュースで報じられた通り魔の服装を思い出す。不幸なことに、斎木の服装と偶然一致していた。

「そのことを通りかかったクラスメートにからかわれて、その数日後からいじめが始まったんだ。フードはからかわれたその場で外したし、通り魔そっくりの服装も翌日から着て行くのをやめたんだけど、効果はなかった。きっといじめの犯人は、俺が通り魔にそっくりだとからかわれた時にその場にいたんだ」

不破はどう動くべきか思案していた。本来これは学校の領分であり、塾講師の出番ではない。

「学校側には、このことは伝えたんですか」

大事なことを確認すると、斎木は怒って眉《まゆ》を吊《つ》り上げた。

「もちろん言ったよ。色んな先生にね。でも正直、動きが鈍い。事実を認めようとしないで、まともな調査も行われていない。ニュースでよく見る奴《やつ》だ。後で大騒ぎになって、会見で白々しく謝罪するに違いないよ」

案外ニュースは見ているらしい、と不破は場違いな感想を抱いた。斎木の成績は下から数えた方が早く、勉強へのやる気も低いのに、だ。親が厳しいので、見せられているのかもしれない。

「不破先生、何とかしてよ。俺、こんなの嫌だ」

斎木は懸命に助けを求める。小柄な彼はいじめのターゲットになりやすい。そのことが不破は気に掛かった。

「ご両親には、このことは伝えましたか」

さらに問うと、斎木は気まずそうに指をもじもじさせた。これは言っていないな、とすぐに分かった。

「私の方から、ご両親に伝えておきましょうか」

いじめの解決には大人の介入が必要だ。学校側の動きが鈍いのなら、親を巻き込んでいくべきだと不破は思った。

だが、斎木は首を振った。

「親には言わないで。知られたくない」

子供は親にいじめを知られたくない、というのは聞いたことがある。恥だと感じたり、怒られると思い込んだりするらしい。

「ですが、ご両親に言わないのなら、状況は変わらないかもしれませんよ」

できるだけ優しい声で諭すが、斎木は頷かなかった。

「とにかく嫌だ。不破先生が何とかしてよ」

無茶振りだった。どうしたものかと思案するが、斎木はすがるような視線を送っている。

生徒の信頼を得るには、生徒の嫌がることをしないのが一番だ。彼が嫌と言うのなら、親に伝えないのも一案だった。

「分かりました。私なりに調べてみましょう」

不破がそう答えると、斎木は目を輝かせた。

「さすが不破先生。よろしく」

斎木はいつもの元気を取り戻し、授業中もよく喋《しゃべ》った。

「斎木のいじめの話、聞いた？」

授業終了後、梨央はいても立ってもいられなくて、龍也に話しかけた。彼は軽く肩をすくめる。

「もちろん。あれだけデカい声で喋っていれば、誰でも聞こえる。斎木は声のボリュームをもう少し絞るべきだな」

斎木はもともと声が大きい。同じ塾内で授業を受けていれば、自然と彼の話は聞こえてくる。

「ネットで悪口を書かれて、ものを隠されてるんだって。酷《ひど》いよね」

「全くだ。俺たちの学年は仲が良いから、そんなものないと思っていたのに」

斎木は、クラスは違うが梨央たちと同じ中学で同じ学年だ。梨央は今の学年に団結力があることを自慢に思っていたのに、それを汚すような問題に腹が立った。

「学校側はいじめを認めないみたいだし、ここは私たちが動くべきだよね」

梨央は拳《こぶし》を強く握り締める。それを見ながら、龍也は仕方ないといった風に首を縦に振った。

「しゃーない。俺も手伝うよ」

梨央は待ってましたと指を鳴らした。

「よし。それじゃあバンボシ探偵団、出動！」

「だからそれダサいって」

苦笑する龍也を前に、梨央はむくれてみせる。すると、そんな梨央の肩を誰かが軽く叩《たた》いた。

「ねえ、ちょっといいかな」

梨央と龍也が振り返ると、そこには萌絵がいた。

「どうしたの」

萌絵は夏に一時期落ち込んでいたが、ある時から回復していた。それからは、ずっと落ち込むこともなく明るく過ごしているように見えた。二学期も引き続きクラス委員長になって、クラス全員から信頼されている。

「実は今の話、こっそり聞いていたんだ」

その萌絵は、恥ずかしがるように囁《ささや》いた。梨央は龍也と顔を見合わせる。

「えっと、斎木のいじめの話に興味があるの」

「うん。自習室で自習していて、休憩に出たら聞こえてきて。正直、気になった」

萌絵は塾が開いている日は毎日、午後四時から自習をしている。授業がない時も、ある時に合わせて帰宅は最終コマ開始時間の八時一〇分だ（八時一〇分以降はさすがにやめている)。こんなことに首を突っ込むなんて、塾では勉強一筋の彼女にしては珍しい。

「クラス委員長として、学年にいじめがあるのは気になる。犯人を明らかにしない限り、学年の、そしてクラスの平和は守れないよ」

萌絵は胸を張って言う。そこまで言い切れる正義感に、梨央は感心した。

「二人はこのことを調べるんでしょ。私も交ぜてもらえないかな」

萌絵は手を合わせて願い出た。断る理由はないように思えたから、梨央は指でOKサインを作った。

「いいよ。萌絵も今日からバンボシ探偵団のメンバーね」

いやだからダサいって、とぼやく龍也に声をかぶせ、梨央と萌絵は互いの拳をこつんとぶつけ合った。三人組探偵団、結成の瞬間だった。

梨央たちが最初に取った行動は、被害者本人に話を聞くことだった。

翌日の午後四時過ぎ。いつもの自販機前のベンチに斎木と一緒に座って、梨央たちは質問をぶつけた。

「昨日、話が聞こえてたんだけど、いじめを受けてるんだって?」

深刻になりすぎないよう、わざと軽く切り出すと、斎木は首がもげそうなほど激しく頷いた。

「そうなんだよ。ネット上に悪口を書かれたり、ものを隠されたり。ずっといじめを受けているんだ」

「そのネットへの書き込み、今、見られるか」

龍也が尋ねると、斎木はもちろんと言ってスマホを取り出した。

「これ、SNSに投稿された俺への悪口。不破先生にも授業後に見せたんだけど」

「斎木慎一郎」で検索した一覧を見せられる。確認すると、斎木への悪口がずらりと並んでいた。

「酷いな。四十、五十はあるんじゃないか」

「そんなもんじゃないよ。最低でも百はある。他のSNSや学校裏サイトにも書き込みはあるから、数はもっと増えるよ」

斎木は声を大きくした。これだけ悪意ある書き込みをされたら、相当傷付くだろう。

「それにしても遠慮のない書き込みだな。馬鹿《ばか》、のろま、ちび。悪意ある言葉のオンパレードだ」

書き込みは斎木を悪く言うものばかりだった。中には顔の写った写真付きで、彼を馬鹿にするものもあった。学校内での写真で、パーカーのフードをかぶった斎木の写真を載せて、「通り魔斎木」と書くような悪質なものもあった。

「そりゃ俺は、馬鹿でちびでのろまかもしれないけど、ここまでやるのはおかしいよ」

斎木は怒りを我慢できない様子だ。こんなことになれば当たり前かもしれない。梨央は斎木を助けたいと思った。

「私たちが犯人を探すよ。だから情報をちょうだい」

梨央がそう言うと、斎木は目をぱちぱちさせた。

「森本たちが？　探してくれるのか」

斎木は怒りも忘れて喜び、その勢いで梨央の手を握った。

「頼むよ。犯人を見つけてくれ」

握られた手に力が込められる。

「おい、いつまで手を握ってるんだ」

不意に龍也が二人の手を振りほどいた。梨央は別にいいのにと思ったが、龍也はなぜか慌てていた。

「ところで、このSNSとかの書き込みはいつ見つけたの」

黙って話を聞いていた萌絵が口を開いた。

「十一月の最初ぐらいかな。通り魔そっくりの服装をからかわれたのが十一月の初めで、気になってSNSとかをチェックしたら見つけたんだ。書き込みが始まったのもその頃《ころ》だったみたい」

「ものを隠され始めたのはいつから？」

「それも同じぐらいからかな。十一月の最初ぐらい」

萌絵はふうむと唸《うな》る。

「いじめの犯人に心当たりはあるの」

萌絵はさらに問い掛けた。犯人の姿は見えないんだから、心当たりはないだろう。梨央はそう考えたが、意外にも斎木は犯人候補の名前を口にした。

「岡《おか》、黒部《くろべ》、漆原《うるしはら》だよ。あいつらがやったんだ」

斎木は恨みを込めた口調で言う。三人は斎木のクラスメートで、一番星学院にも通っている。三人は確かに、斎木をからかっているところがあった。

「どうしてそう思うの」

「あいつらは俺を、日頃から馬鹿にしてた。それに、SNSでの書き込みには、俺がバンボシでやったことをからかうものもあった。あいつらはバンボシにも通っているから、怪しいと思ったんだ」

一応の筋は通っているかもしれないが、もう少し根拠が欲しかった。

「それに、これは決定的なんだけど、俺の服装をからかったのはその三人なんだ。通学路でフードをかぶっていた俺を通り魔みたいだって言って。だからいじめをやったのもあいつらなんだよ」

斎木は唾《つば》を飛ばしながら喋り続けた。とはいえ、岡たちを犯人と言い切るには、これも証拠としてはまだ足りない気がする。

「なあ、岡たちを問い詰めてくれよ。お前たちならできるはずだ」

斎木は難しいことを頼んでくる。さすがに無理だと首を振ろうとしたが、斎木は目を輝かせていた。

「頼むよ、俺を助けたいんだろ」

想像以上に押しが強い。結局、梨央たちは断ることができなくて、岡たちのところに行くことが決まってしまった。

岡、黒部、漆原は少々やんちゃな男子たちだった。

体育大会や部活では活躍するけれど、授業中は居眠りをするのがいつものことだった。学校の先生に対して挑発するような態度を取ることがあって、嫌いな先生ははっきりと無視する。三人はグループを組んでいて、全員体格が良いので、同級生の間では恐れられていた。

何もしなければ被害に遭《あ》うことはないが、対立したり嫌われたりすると、嫌がらせめいたことをしてくる。服装の乱れを注意した女子の風紀委員を泣かせたこともあった。

そんな三人と、梨央、龍也、萌絵は向き合っていた。一番星学院の教室内でのことだった。ちょうど三対三とはいっても、体格の差ははっきりしている。梨央たちの側で唯一の男子、龍也はひょろっとしていて、こういう時は頼りにならない。周りに一番星学院の講師の目があるのだけが救いだった。

「で、何だ。俺らに話って」

リーダー格の岡が言った。中三にして身長が一七五センチを超えている岡は、見ているだけで迫力がある。

「斎木をいじめているのは、お前らか」

龍也はそれでもはっきりと問い質《ただ》した。場の空気がさらに緊張する。

「はあ？　何で俺らがそんなことしなきゃならないんだ」

黒部が前に出てきた。岡よりは小柄だが、筋肉質な腕は岡以上だ。性格の荒さも一番で、けんかっ早いところが皆から怖がられている。

「いじめはやっていないということか」

「ああそうだ。俺らはそんなに暇じゃないんでね」

黒部ははっきりと言った。だが、言い方は適当で真剣さがなかった。これを素直に信じるのは正直すぎる。

「斎木の服装が、通り魔そっくりだとからかったらしいな」

「ああ、そんなこともあったっけな。でも、だからといっていじめはしない」

黒部は袖《そで》をまくって腕を組み、二の腕の筋肉を見せつけた。怖がらせようとしているのだ。梨央はひやひやした。

「とにかく、俺たちを疑うなら証拠を持って来い」

漆原がしっしと手を振るった。三人の中では一番小柄だが、意地の悪さではナンバーワンという男だ。梨央は彼のことが一番嫌いだった。

「だけど、斎木がいじめられてるのか。まあ、あいつは空気が読めないところがあるからな。しょうがない」

漆原は意地悪そうに笑った。いじめられて当たり前というような発言。確かに斎木は周りを見ることができなくて、自分勝手な行動を起こしがちな男子だ。声が大きいし、人の気持ちを考えることも得意じゃない。不注意から、人を傷付ける発言をしてしまうことも多い。だが、それでもいじめは良くない。

「漆原、それはないんじゃない。性格がどうであろうと、いじめていい理由にはならないよ」

梨央が声を大にすると、漆原は不満そうに顔を歪《ゆが》めた。

「何だ、森本。俺に意見するのか」

凄《すご》まれると、さすがに腰が引けた。思わず視線で龍也に助けてと伝えたが、彼は怖がっているのか一歩も動けない。しかし、何とかしようと声だけは出してくれた。

「梨央の言う通りだ。いじめられていい奴なんていない」

龍也は格好良く言ったが、声は震えていて迫力がなかった。

「おいおい、声ブルブルじゃねえか。女の前だからって格好つけるなよ」

龍也の顔がカッと赤くなった。しかし、漆原相手に言い返すことはできない。それどころか、彼は梨央の背中に隠れるように体をスライドさせた。

「ははは。女の後ろに隠れるのか。ダサッ」

漆原が馬鹿にするように笑う。龍也は顔を俯《うつむ》けて黙り込んでいた。

「やめとけ、漆原」

低い声がした。漆原が振り返ると、リーダー格の岡が彼を睨《にら》みつけていた。

「岡、どうして止める。こいつら、調子に乗ってるぞ」

漆原は言い返すが、岡は手近にあった机を掌《てのひら》で叩いた。

「女二人にひょろい男一人。そんなの相手にムキになるなんて情けないだろ」

漆原はぽかんと口を開けた。岡はそんな漆原の横を通り、梨央たちの前に出る。

「悪かったな。黒部と漆原が言い過ぎた」

岡は軽く頭を下げた。何だか馬鹿にされている気がしないでもないが、おおごとになるのは避けられたらしい。

「さて、最終的にお前たちの質問に答えよう。俺たちは斎木をいじめてはいない。斎木が最近言いふらしているネット上の悪口も、ものを隠す嫌がらせも俺たちのやったことじゃない。これで満足してもらえるか」

岡は真剣な口調だった。嘘《うそ》をついているようには見えない。

「分かった。それだけ聞ければ満足だ」

龍也が梨央の背後で、強がって胸を張った。相変わらず声は震えてしまっていたけれど。

「それじゃ、また」

龍也を先頭にUターンし、梨央たちは恐る恐るその場を去って行った。

梨央の目には、岡たちが斎木をいじめているようには映らなかった。そもそも、姿を見せずにSNSで悪口を書いたり、ものを隠したりというのはあの三人には合わない。直接的ないじめをする方が彼らしかった。

だが、そうなると一体誰がいじめをやっているのか。謎《なぞ》は最初に戻ってしまった。

ところが、そんな最中《さなか》に事件が起きた。斎木にも関《かか》わる、一番星学院内での信じられない事件が。


その日、不破は午後四時過ぎに出勤した。電車の時間の都合で、職場に着くのはいつもこれぐらいになる。授業開始の四時五〇分までまだ時間はあるが、丁寧にプリントなどを用意するならこの程度は必要だ。

この時、教室内には斎木がいた。一番隅のブースに一人でいる（自習室は静かすぎて使いたくないらしい）。部活が終了した中三生は、この早い時間からでも塾に来て自習をしている。頑張っているなと不破は嬉《うれ》しかった。

ところが耳を澄ませると、何やら音楽が聞こえてきた。音量は絞ってあるが、アップテンポなBGMが流れている。斎木のブースを反対側から覗《のぞ》き込むと、彼はゲーム機を操作していた。ポータブル型の最新機種で、画面の中では、剣を持った騎士がモンスターと闘っている。

「斎木君。塾は勉強をするところです。ゲームはやめましょう」

不破はブースまで行って注意した。奥まった席の上、通路が狭くて隣のブースの椅子《いす》の後ろを抜けていく必要があるため、窮屈な姿勢での注意だった。

「不破先生。はーい、了解です」

斎木はそう言いながらも、ゲームをやめる気配はなかった。不破はやれやれと呆《あき》れてしまう。このまま続けるようなら厳しく注意しようと考えながら、一旦《いったん》彼の元を離れた。自分でゲームをやめるチャンスを与えよう、と思ったからだ。

斎木から離れた場所のブースでは、岡、黒部、漆原の三人が喋っていた。こちらも勉強する気はあまりないらしい。

「岡君、黒部君、漆原君。そろそろ勉強をしましょうね」

不破が注意すると、三人は喋るのをやめて不破の方を見た。

「不破先生、ちわっす。そうですね、勉強した方がいいっすよね」

黒部が一番に返事をした。岡、漆原もカバンを探り、筆記用具やテキストを取り出し始めた。

「よっしゃ。頑張るぞ」

三人は素直に問題を解き始めた。

岡、黒部、漆原。この三人は不破に対して従順だ。担当生徒ではないし、特別に何かをしたことはないが、三人は不破に逆らっても勝てないと本能で悟っているらしかった。刑事時代に鍛えた体格を見て察したのだろう。学校の先生は無視したりするらしいが、不破の言うことはよく聞いたし、コミュニケーションもよく取った。

ただ、斎木はこの三人がいじめの犯人だと疑っているらしい。不破にとっては従順な生徒でも、他の生徒にとってはそうではないのかもしれない。気を付けて見ていなければならなかった。

四時五〇分になり、授業が始まった。

不破は、ブースで授業をしながら斎木の様子を窺《うかが》っていた。だが彼がいるのは、不破の席から離れた先ほどの隅のブースなので、状況はよく見えない。とはいえ例のBGMは相変わらず聞こえてきた。まだゲームをしているらしい。斎木の授業は次の六時半からではある。しかし中三生としては自習をして然《しか》るべきだろう。後でしっかり注意する必要があった。

さらに斎木の様子を横目で観察していると、五時半に外に出て行った。そしてしばらく戻らない。近くのコンビニにでも行ったのだろうかと想像していると、案の定、六時にコンビニのから揚げを頬張《ほおば》りながら帰ってきた。不破はますます、注意しないとな、と心に誓った。

ところが、コンビニから戻った斎木の様子がおかしかった。隅のブースに戻ってからしきりに、あれ、あれ、と困惑した声を発している。

「えー。どういうこと？」

ついには大声でそう言い始めた。塾内にいた全員の注意が彼の方に向く。

「何だ、どうした」

室長が頭を掻《か》きながら、斎木のブースに向かう。やる時はやる室長だが、今はやる気なしモードらしい。あまり緊張感がない。

「大変だ。大事件が起こった」

斎木は騒ぎ立てる。大事件とは大げさに聞こえるが一体、と不破が耳を澄ませていると、彼は今日一番の大声で叫んだ。

「俺のゲーム機がなくなった」

隣のブースの椅子の後ろを窮屈に抜け、ようやく斎木のところにたどり着いた室長は、おいおいと苦笑した。

「どこかに置き忘れたんじゃないか。さっき外に持って出たとか」

「ううん。絶対にこのブースに置いてた。間違いない」

半信半疑の反応に対し、斎木は強く主張した。室長は仕方なくブースの机の下などを確認するが、ゲーム機は出てこなかった。

「おかしい。誰かが盗んだんだ」

斎木は疑いの目で周囲を見回した。塾生たちは困惑して黙り込んでいる。不破はまさかと思ったが、一方で盗みの可能性もあると考えていた。不破が見たゲーム機は三十×十センチほどと大きかった。あのサイズのものがそう簡単に消えるはずがない。

「分かった。とりあえず探してみるから待っててくれ」

室長は斎木の押しの強さに負けて、ゲーム機を探し始めた。塾内の机の上や本棚、ブースの下。色々探すが見つからない。

「後はトイレぐらいか。でもまさかなあ」

室長はぶつぶつ言いながら男子トイレに入った。だが、そのすぐ後に、あっという大声が響いた。

「見つかったの？」

斎木が足音を立てて男子トイレに駆け込む。すると、今度は今日一番を更新する、大ボリュームの悲鳴が聞こえた。

「わあ。ゲーム機が、壊されてる」

生徒が全員帰宅した後の、午後十時の一番星学院。普段ならバイト講師は全員帰っている時間だが、今日は大勢が残っていた。

「皆さん、もう知っているかとは思いますが、中三の斎木慎一郎君のゲーム機が、何者かによって壊されました」

室長が重々しく言うと、講師たちは囁き合った。壊したのは斎木の同級生だ、原因は斎木が受けていると主張していたいじめだ、等々。様々な憶測が飛び交う。

「保護者には連絡済みです。謝罪をし、早期での事態の収拾を約束しています」

室長の張り詰めた声は本気を表していた。今はやる気モードらしい。

「そして皆さんに残ってもらったのは他でもありません。犯人を特定すべく、事件が起こった時の状況を確認するためです」

今、残っているのは、事件のあった四時五〇分からの授業を受け持っていた講師たちだ。

「ゲーム機を壊すのは立派な器物損壊罪です。場合によっては警察にも相談します。ですが、犯人が生徒の場合は、非常に慎重な対応が必要です」

子供のやったことなら、強硬に警察に突き出すのは必ずしも正しい行動とは言えない。事情を考慮し、柔軟に対応する必要があった。

「それでは、ゲーム機の発見時の様子を説明します。ゲーム機は、男子トイレの便器の背後に、水で濡《ぬ》れた状態で置かれていました。便器に遮られて、見えない位置に隠されていたんです。水に濡れていたことについては、手洗い場の流しに栓をして水を溜《た》め、その中に水没させたようでした。ゲーム機の破片が濡れた状態で流しに落ちていて分かったことです。相当乱暴に水没させたようですね」

電子機器を水に沈めればどうなるか。今時、小学生でも分かる理屈だ。犯人には明らかな悪意があった。

「盗難が起こったのは、午後五時半〜六時の間です。この間、持ち主の斎木君はゲーム機を授業ブースに置いたままコンビニに行っていました。そして帰ってくるとすぐに、ゲーム機がなくなっていると騒ぎ始めました」

五時半より前は、斎木がゲームをプレイしていた。不破の授業ブースからもゲームのB

ＧＭが聞こえていた。それ以前に盗まれたという可能性はないだろう。

「ただ、五時半～六時の時間帯は、知っての通り一番星学院での授業時間——四時五〇分～六時二〇分の範囲内です。大半の講師と生徒は授業ブースにいて、席を立つことも少なかったと思うのですが、どなたか授業中に席を立った講師や生徒を覚えていませんか」

講師たちは互いの顔を見合わせたが、皆が首を振るばかりで、席を立った者の存在は判明しなかった。

「授業中だった講師と生徒は違う……。となると、自習中だった生徒の仕業でしょうか。今日、あの時間帯に自習をしていた生徒といえば」

室長は記憶を探っていたが、はっとしたように顔を上げた。

「岡君、黒部君、漆原君。あの三人はいましたね」

岡たちはあの時間帯、授業を受けてはいなかった。自由に動けたはずで、怪しいかもしれなかった。

「あの、ですがその三人の仕業ではないと思います」

不意に正社員講師の冴島由佳《さえじまゆか》が手を挙げた。一番星学院桜台校には、室長以外にも正社員の講師が二人いて、事務作業と講師としての授業の両方を行っている。冴島はその一人で、三十代の女性社員だ。仕事ぶりが正確でむだがなく、その真面目《まじめ》さで、浮ついた室長の補佐を見事に務め上げている。

「岡君たちの仕業ではない。その根拠は何ですか」

室長は彼女に話を促す。冴島は、はい、とはきはきした声で応《こた》えた。

「私が授業をしていたブースは、ゲーム機が置いてあったブースの隣でした。ゲーム機のあったブースは一番隅で通路が狭く、隣の私が使用していたブースの後ろを窮屈に通らないとたどり着くことができません。ですが、その三人の男子が通った記憶はありません」

冴島の言う通りだった。一番隅のブースに至る通路は狭く、授業中などは椅子をわざわざ引いてもらわないと、ほとんど通れないのだ。三人の誰かが通っていれば、間違いなく記憶に残っただろう。

「斎木君がコンビニに行く時に椅子を引いた記憶はあります。ですが、岡君たちは通りませんでした」

「ううん。そうなると話はややこしくなってきますね」

室長は顎《あご》に手を当てて考え込んだ。

「あの、少しいいですか」

室長が悩んでいると、今度はもう一人の正社員講師・仲田《なかた》伸之《のぶゆき》が手を挙げた。仲田は一年前までは大学生のアルバイト講師だったが、今年から正社員として採用された男性社員だ。授業の上手《うま》さと生徒から非常に好かれていることが評価されての採用だったらしい。

ただ、室長に輪をかけて浮ついたところがあり、うっかりミスが多かった。不破は密《ひそ》かに、彼のことを心配していた。

そんな仲田だが、今は真面目な表情をしている。

「室長。私の授業ブースはトイレの前だったんですが、授業中に、怪しい者がトイレに入った記憶はありません」

仲田がいた授業ブースは、背後のトイレとの間の通路が狭く、用を足しに向かう誰かの気配は感じやすい。仲田の証言が確かなら、誰もゲーム機を水没させに行けなかったことになる。

不破は仲田がいたブースの方に視線を向けた。すぐ後ろに開閉式のパーティションがあり、その奥に男女それぞれのトイレのドアがある。パーティションを引くことで、後で誰かが入ってこないようにすることができる仕組みだ。女子がトイレに入っている時、すぐ隣の男子トイレに人が入るのが嫌な場合、パーティションを引いておけばいいというわけだ。犯人にとっては、ゲーム機水没作業の音を聞こえにくくできるので好都合だったはずだ。

ただ、仲田はトイレに怪しい者は入っていないと言う。これでは犯行は不可能になってしまう。ゲーム機のあったブースに誰も近付いていないという冴島の証言もあり、これではまるで第一の密室と第二の密室だ。

「参りましたね。トイレの手洗い場で水を溜めて、ゲーム機を水没させるなんていう大胆な行為、すぐに誰がやったか分かると思ったんですが」

室長は頭を抱えんばかりに悩んでいた。一方不破は、犯人の行動の奇妙な点に気付いていた。トイレで手洗い場の流しに水を溜めて水没させる。この行動自体がおかしいのだ。

流しに水を溜めずとも、トイレには水没させるに充分な量の水がある。そう、便器の中だ。便器の中に一定量溜まっている水に沈めれば早いのに、犯人はわざわざ流しに水を溜めた。水の音を不審に思った誰かが来る可能性もあったのに、理屈に合わない行動と言わざるを得ない。

「あれ、不破先生」

室長が驚く間も与えず、不破は男子トイレに向かった。ドアを開けると、目の前に洋式便器がある。小便器はなく大便器一つだけだ。サイズからいって、便座を上げさえすればゲーム機を横向きにすとんと落とすことができ、全体を水没させられそうだ。

——それなのに、なぜ犯人はゲーム機を便器に落とさなかったのか。

不破は考える。何かを摑《つか》めそうだったが、その何かの輪郭がはっきりしない。もどかしい気分で、彼は考え続けた。

ゲーム機水没事件の翌日。梨央、龍也、萌絵の三人は、一番星学院の教室の隅で内緒話をしていた。

「斎木のゲーム機水没事件、情報は集まった？」

梨央が訊くと、龍也はメモ帳を取り出して書かれていることを読み上げた。

「斎木の持ってきたゲーム機が、男子トイレの手洗い場の流しに溜められた水に沈められた。持ち去られたのは、あいつが席を立った午後五時半〜六時の間。六時に戻ってきた斎木は、すぐにゲーム機がなくなっていることに気付いて騒ぎ出す。室長が探し始めて、結局男子トイレの便器の後ろに、びしょ濡れの状態で置いてあるのが見つかった」

お喋りな大学生のアルバイト講師をおだてて、引き出した情報だ。話を聞いていた時は、すぐに犯人は分かると考えていたが、これが思った以上に厄介だった。

「ゲーム機が持ち去られた午後五時半～六時の間に、ゲーム機のあったブースと、トイレには誰も行っていないかもしれない。それぞれの場所のすぐ近くにいた冴島先生と仲田先生が、怪しい人は通っていないと証言したんだ」

奇妙な話だ。これでは誰も犯行ができないことになる。

「何か方法はあると思うんだけどな」

そうつぶやくものの、犯行の方法は一つも思い付かない。

「こうなったら、斎木を恨んでいる人は誰かっていうことから考えてみる？」

発想の転換だ。梨央はそう思って提案したが、萌絵が言いにくそうに手を揉《も》んだ。

「でも、斎木って結構色々な人から嫌われてるよね」

その通りではあった。斎木は人の気持ちが読めなくて、悪気はないのだろうが人が嫌がることをしてしまう。女子の中でも、斎木は嫌いと断言している者は多い。

「正直、私も斎木は苦手だな。この塾でも、自習中にうるさいし。彼、いつも午後四時からずっと塾にいるんだけど、自習せずにゲームしたり漫画読んだりしているんだ。イヤホンなしでゲームの音楽を流したり、大声で笑ったり。ちょっと引いちゃうところはあったかも」

萌絵なりに不満が溜まっていたのだろう。言い方は遠慮がちではあるけれど、はっきりとした口調で言う。

「昨日、私が用事で遅れて、午後四時半に塾に着いた時もゲームしてた。岡とか黒部とか漆原もお喋りしていたし。その日、塾で自習をしていた生徒はこの四人だけだったのに、大分にぎやかだった」

萌絵は言い切ったが、すぐに梨央と龍也の視線を感じ取ったようで、激しく手を振った。

「でも、いじめが良いって言いたいわけじゃないから。斎木を嫌っている人から探すのは難しいだろうってことを言いたかっただけ」

クラス委員長の萌絵でもこの調子なのだから、他の同級生などはもっと酷いことを言うだろう。梨央はそう考えて、容疑者候補の多さに難しさを感じた。

「結局、誰が犯行可能だったかで考える方が早いかもな」

龍也の言う通りだった。斎木を嫌っている人は無数にいそうだが、犯行可能だった人は限られる。

「だけどそんな人、いないんだよね」

梨央は唇を尖《とが》らせる。塾内にいた講師・生徒のほとんどは授業中で席を立っていない。自習をしていた岡、黒部、漆原もゲーム機やトイレには近付いていなかった。

「これじゃあ誰もゲーム機に触ることさえできないよ。犯人は透明人間で、誰の目にもっかなかったっていうの？」

梨央は溜息《ためいき》をつく。だが、龍也はその言葉に顔を上げた。

「透明人間。まさにそうかもしれない。犯人は誰にも見えなかったんだ」

堂々と言い切った。まさかの発言に、梨央と萌絵は驚く。

「本気で犯人は透明人間だって言うつもり？」

SFなのかな、と呆れた梨央が訊くと、龍也は笑って首を振った。

「違う違う。透明人間はものの例えで、今回の犯人は『見えない犯人』だったんじゃないかと思ったんだ」

見えない犯人、と言われたが梨央はよく分からない。

「昔、ミステリーで読んだんだけど、『見えない犯人』っていうのは、犯人が実際は目撃されているのに、周りの人たちがその犯人を心理的な理由から見つけられていない状況を言うんだ。その場にいるのが当たり前すぎて見過ごしてしまったり、絶対に犯人じゃないという思い込みから見逃したりするんだ。例えば、市民プールの脱衣所でコインロッカー荒らしが発生して、全利用者を調べたけど怪しい人物が出ない場合、犯人は誰だろう」

急にクイズが始まった。梨央は頭を捻《ひね》るが、答えを見つけることができない。

「分かった。犯人はプールの職員でしょ」

萌絵が自信ありげに胸を張った。龍也は、正解、と声を弾ませる。

「え、どうして」

分かっていないのは梨央一人だけだった。

「利用者が犯人じゃないってことは、それ以外に脱衣所に出入りした人が犯人だ。利用者以外なら、職員ぐらいしか出入りしないだろ。だから職員が犯人だ」

「ええー。それって何だかズルくない?」

梨央が不満の声を上げると、龍也は苦笑した。

「そう考える人もいるけど、職員が犯人っていうのは『見えない犯人』に当たるんだ。その場にいるのが当たり前すぎて見過ごされる、っていうケースだな」

職員が脱衣所に出入りしても、じっくり観察する人は少ないだろう。存在感は薄い。そういう意味では透明人間みたいなもので、「見えない犯人」には当たるかもしれない。梨央は渋々ではあったが龍也の話を受け入れた。

「でも、それと今回の事件がどう繋《つな》がるの」

梨央は肝心なことを尋ねた。

「決まってるよ。今回の犯人も、『見えない犯人』なんだ」

龍也は当然だとばかりに言ってのけた。

「でも、今回の事件で、その場にいるのが当たり前すぎて見過ごされる人なんていたかな」

一番星学院の職員には講師がいるが、今回は講師もしっかり容疑者に入っている。清掃員などの他の職員はいないし、その場にいるのが当たり前すぎて見過ごされるケースなんてないように思える。

「今回は、そっちじゃない。当たり前すぎて見過ごされるケース以外に、もう一つパターンがあるってさっき言っただろ」

そんなものあったっけ、と必死に思い出していると、萌絵がそっと助け舟を出した。

「絶対に犯人じゃないという思い込みから見逃されるパターンだね」

「そ、正解」

龍也は頷いてみせる。

「絶対に犯人じゃないから見逃すって、どんな感じなの」

分からないまま、梨央は尋ねる。

「梨央が、一番犯人じゃないと思うのは誰だ」

「それは……被害者の斎木とか？　自分で自分のゲーム機を壊すのはあり得ないし」

「おお、良い答えだ」

龍也は嬉しそうに言う。だが、彼はすぐに態度を変え、真剣な調子で問い掛けた。

「そんな斎木が犯人だったとしたら、どうだ」

まさかと梨央は思った。

「斎木が犯人なら、あいつは『見えない犯人』になる。考えてもみろ。被害者本人が犯人だとは誰も思わないから、たとえあの時間にトイレに入っていたとしても、怪しい人物扱いされなくて、証言されないんじゃないか」

少々不満もあったが、そういうこともあるかな、と梨央は考えた。意外な人物だからこそ、証言から外されてしまうということは起こるかもしれない。

斎木が犯人かもしれないというのは、龍也も考えていたことなのだろう。口ぶりからして、そのことは感じ取れた。

「それに、『見えない犯人』には、今回の事件のあり方も影響している。ゲーム機のあったブースやトイレの近くにいた冴島先生や仲田先生は、薄《うっす》らとは斎木が通ったことを覚えていたかもしれない。でも、彼が通ったと言ってしまえば、明らかに犯人じゃないはずの斎木が疑われることになってしまう。だから二人は、怪しい人は通らなかったと証言したんだ。大事件なようでいて、警察沙汰《ざた》というほどじゃない——そんな今回の事件のあり方が、怪しい人は誰も通っていないというあいまいな証言に繋がったんだ」

この考えには、梨央は頷かされた。事件はせいぜいゲーム機一個が壊された程度。絶対に犯人じゃないはずの人——しかも子供——を疑わせる証言をためらうのは、分かる気がした。

「でも斎木が犯人だとして、自分で自分のゲーム機を壊したりする？」

「この際、動機は一旦無視する。誰が犯行可能だったかが、現時点では第一だ」

龍也は犯人が誰かということだけに限って、話を進めていった。

「ゲーム機が置かれていたブースを第一の密室、トイレを第二の密室としよう。第一の密室については、斎木を『見えない犯人』だと考えれば簡単に解決できる。彼は自分で堂々とゲーム機を持ち出したんだ。服の中にでも隠していたかな。まさか被害者本人が犯人とは誰も思わないから、その事実は見逃される」

分かりやすい考えだ。梨央がそう思っていると、萌絵が口を挟んだ。

「それじゃあ、第二の密室も『見えない犯人』の理屈で出来上がったっていうの。斎木は正面からトイレに入ったけど、周りの人たちは彼が犯人じゃないと考えていたから証言しなかった、と?」

その通りだろうな、と梨央は心の中で同意した。だが、龍也は別の可能性を口にした。

「それも一つの案だけど、俺には別の考えがある。その時に重要になってくるのが、水没したゲーム機が置かれていた場所だ」

「場所って、男子トイレの便器の後ろだよね」

梨央が思い出すと、龍也はそうだと首を縦に振った。

「正確には、男子トイレの便器に隠れた、見えない場所に置かれていたんだ」

同じじゃないかと思ったが、龍也はさらに続けた。

「ここで大事なのは、見えない場所に隠されていたということだ。便器の後ろに置かれて、他に男子トイレを使う人がいても、見つからないようになっていたことなんだよ」

「それの何が大事なの」

「斎木が細工をする余地が生まれるんだよ。いいか。塾内の全員が、ゲーム機はあいつがコンビニに行った五時半〜六時の間に盗まれ水没させられたと思っている。だけど、そうじゃなかったとしたらどうだ」

考えもしなかった可能性だ。

「例えば、授業が始まる遥《はる》か前にゲーム機を水没させて、便器の後ろに置いておく。そうすれば、その時点ではトイレ前のブースには誰もいないから目撃されない。誰かがトイレに入っても、そうそう便器の後ろなんて覗かないから、見つかることもない。そうして演技でコンビニに行って、タイミングを見計らって戻ってくる。その時に、ゲーム機がなくなったと騒げばどうだ。なくなったものを探すともなれば、便器の後ろでも覗くだろ」

「そっか、それでゲーム機を見つけさせて、犯行時間を勘違いさせるんだ」

「そういうこと。そうすれば、斎木は授業時間中にはトイレに行っていないという、いわばアリバイを手に入れる。それが狙《ねら》いで、早い時間に水没させて便器の後ろに隠したんだろう」

筋が通っているように聞こえた。これなら犯行が可能になる。

「ここまで来れば、後は動機だ。でも、そんなものは本人に訊いてみればいい」

龍也は教室のもう一方の隅——今いる場所からちょうど真反対——にあるブースの方を向く。そこには塾内だというのに漫画を読む斎木の姿があった。

「俺が、自分でゲーム機を壊した?」

話を聞くとすぐ、斎木は漫画を叩きつけて顔を真っ赤にした。

「そんなわけない。俺はゲーム機を壊された被害者だ」

　自分の犯行をごまかしているにしては、激しすぎる反応だった。

「だけど、今言ったように、斎木が犯人なら犯行は可能なんだ」

　龍也は粘るが、斎木はますます顔を赤くした。

「どうして俺がそんなことしなきゃならないんだよ。あれは親に頼んで頼んで頼み込んで、ようやく買ってもらったものなのに」

　動機のことを突っ込まれると、龍也は弱いようだ。少しずつ腰が引けていく。

「例えば、別のゲーム機が欲しくなったから、買ってもらう口実として古いものは壊した、とか」

「壊されたゲーム機は最新機種だったんだ。あれ以上に欲しいものなんてないよ」

　龍也は返事に困ってしまう。一見正しそうだった考えも、実際にはもろいものだ。

「それに、ゲーム機が盗まれたのは、絶対に授業が始まってからだ」

　斎木は怒ったまま、思わぬことを言い出した。

「それは断言できるのか」

「できる。だって、授業開始後も俺はイヤホンなしでゲームをしていて、ＢＧＭが漏れていたはずなんだから」

　その話は梨央たちには初耳だった。龍也が動揺する。

「そうなのか。だとしたら、前提が崩れる」

ゲーム機が授業開始後も隅のブースにあったのなら、授業開始前にトイレで水没させて、便器の後ろに隠すことはできなくなる。

「あんまりこんなことは言いたくないけど、斎木が嘘をついているんじゃないの」

萌絵が聞こえないように囁くが、龍也は違う、とつぶやいた。

「こんなこと、調べられたらすぐ分かる。恐らく本当のことだ。もちろん後で確認は取るけど、まず間違いないだろう」

「じゃあ、やっぱり斎木はゲーム機を授業開始後に水没させたんじゃない？　トイレに入った目撃証言がないのは、『見えない犯人』の理屈によるものじゃないかな」

「そのことも、確認を取る必要がありそうだ」

龍也と萌絵はひそひそ言葉を交わして、斎木に対して話をしてくれた礼を言った。しかし斎木は、疑われたことで機嫌を悪くしたようだった。

「俺じゃないのにな。犯人呼ばわりした謝罪はないのか」

龍也は言葉に詰まる。

「悪かったよ。すまない」

彼は軽く頭を下げたが、斎木は納得しなかった。

「そんな程度じゃ足りない。土下座しろ、土下座」

思わぬ発言に梨央は呆然《ぼうぜん》とした。疑われたのは嫌だっただろうが、土下座は言いすぎじゃないか。人の気持ちとか、場の雰囲気とかを察するのが苦手な斎木らしい言動ではあるが。

「さあ土下座しろ。頭を床にこすりつけて謝れ」

怒りに任せて無理を言う。梨央たちは顔を見合わせた。

「おいおい、どうした。ケンカか」

そこに、ありがたいことに助けが入った。走ってきたのは正社員講師の仲田だった。子供と接するのが上手い仲田は、多くの生徒と親しくしている。そして斎木も、彼とは仲良くしているようだった。

「せんせー、何とかしてよ。この三人が俺のこと疑うんだ」

斎木は事情を細かく説明する。仲田はうんうんと話を聞き、梨央たちの方を向いた。

「それはこの三人が悪いな」

仲田はやんわりとした口調で、だがはっきりと言う。しかし、彼はまた斎木の方を向いて、授業をするみたいに丁寧に教えた。

「だけどな、土下座なんてさせたら、斎木の方が悪者になるぞ。無理やり土下座をさせるのは立派な罪なんだ。結果的に自分の方が悪者になってもいいのか」

「それは、ちょっと嫌だな」

説得された斎木は梨央たちを見て、溜息と一緒に手をしっしと振った。

「もういいよ。どっか行ってくれ」

言い方は気に食わないが、何とかこの場を逃れられた。梨央はほっとして、視線で仲田に感謝を伝えた。

「あーあ。気分悪いからコンビニでも行って来よ」

斎木は席を立って、面倒くさそうに一番星学院から出て行った。

「大丈夫だったか」

斎木がいなくなったタイミングで、仲田が声を掛ける。梨央たちは、まずは頭を下げて礼を言った。

「ありがとうございました、先生」

「いや、いいよ。でも斎木を疑ってるのか。その考えは外れだと思うけどな」

「どうしてそう思うんですか」

「いや、俺はあの時、トイレの前のブースで授業をしていたんだけど、斎木はトイレには行かなかったから」

仲田がトイレ前の席にいたというのは、梨央も聞いていた。その席にいたら、トイレに行く人を見逃すことはないということも知っている。

「犯行が授業時間内なら、斎木は犯人じゃないってことか」

龍也は小声でそう言って、確認のための質問をぶつけた。

「先生、授業時間中、ゲームのＢＧＭは聞こえていましたか」

授業開始後も、斎木の手元にゲーム機があったかどうかを確認する質問だ。

「ああ、聞こえていたよ。彼がコンビニに行くまでずっと聞こえていた」

龍也はがっくりと肩を落とした。これで、ゲーム機は授業開始後にしか水没させられなかったことになる。そして、犯行が授業開始後なら、斎木に犯行は不可能だ。

「俺の考え、良いセン行ってると思ったんだけどな」

土下座をしろと言われ、さらに疑っていた相手が犯人でないと分かったことで、龍也は落ち込んでいた。

「おーい、そこの三人」

そんな龍也の背後から声が掛かった。梨央が振り向くと、室長がのそのそやって来るところだった。

「さっきから聞こえていたけど、あんまりゲーム機のことに首を突っ込まないように。この件は俺たちが解決するから、捜査みたいなことはやめなさい」

柔らかい口調であったが、大人に任せなさいという強い意思がこもっていた。

「仲田先生も、あんまり生徒たちに今回のことを話さないように。他の先生にも言っとかないとな」

室長はそれだけを言うと、やれやれとばかりに去って行った。

「そういうことだから、もう情報は渡せないな。ごめんね」

仲田も手を合わせながらその場を去った。残された梨央たちは困ってしまった。

「これじゃあ情報が入ってこないね。どうしよう」

犯人と思えなくてもいいから、誰かがトイレに入らなかったか。そう訊くべきだったが、もう遅い。その情報は永遠に手に入らない。梨央は肩を落とした。だが、龍也はまだあきらめていなかった。

「いや、やりようはある。他に考えだってあるしな」

梨央は不安だったが、やっぱりどこかで龍也に期待していた。

「講師が情報をくれないのなら、生徒たちからもらえばいい」

龍也は当たり前のことだとばかりに言い切った。

「そして俺が新しく考える犯人については、生徒から情報をもらった方がいいんだ」

全《すべ》て分かったような顔を向けられるが、梨央にはさっぱり分からない。

「その犯人って、誰なの。生徒から情報をもらった方がいいっていうのも、どういうこと?」

「まあ焦るな。一つ一つ説明していく」

龍也はもったいぶって間を空けつつ説明した。

「斎木は犯人じゃなかった。だとしたら、誰が犯人なんだろう。今回の犯人は『見えない犯人』に違いない。でないと、あんな不可能状況は出来上がらない。じゃあ、斎木以外にそれになれるのは誰なのか。そう考えた時、俺は一つの可能性を思い付いた。塾内では、悪事などしないと考えられている存在――講師が犯人なんじゃないか、と。講師が犯人なら、『見えない犯人』になることができるからな」

「あれ、でもさっき、講師は『見えない犯人』に入らないっていう話をしてなかったっけ？」

梨央は先ほどの会話を思い出して訊く。

「それは、その場にいるのが当たり前すぎて見過ごされるパターンの方だ。その場合なら、今回の講師は当てはまらない。だけどもう一つの、絶対に犯人じゃないという思い込みから見逃されるパターンになら当てはまる。

トイレの前にいた仲田先生も、まさか講師仲間がゲーム機を壊したなんて思いもしない。講師の誰かがトイレに入っていたとしても、勝手に容疑者から外して『怪しい人は誰もトイレに入らなかった』と証言するはずだ」

これなら講師も容疑者に入る。子供がやったとばかり考えていたが、大人の仕業かもしれないのだ。

「犯人は『見えない犯人』になろうとしたわけじゃないだろう。あくまで偶然そうなってしまっただけだ。ただ、まさか講師がそんなことをするとは、という盲点を突いたのは確かだと思う」

梨央はうんうんと頷いた。犯人に繋がる道は、まだ消えてしまってはいない。

「だけど、講師が犯人とはいっても、大勢いるよね。どうやって特定するの」

冷静な意見を口にしたのは萌絵だった。確かに、一番星学院に講師は二十人以上いる。

「そこでさっきの話に戻る。生徒から情報をもらうという話だ」

龍也はフフンと鼻を鳴らした。

「犯行があったのは授業時間中だ。その時、塾内にいた講師は全員が授業をしていた。でも、ゲーム機を水没させるためには、授業中に席を立たないといけない。授業中に講師が席を立つというのは、かなり目立つんじゃないか」

梨央はなるほどと息を吐いた。個別指導塾での授業中、講師は生徒につきっきりなので、講師が席を外せば生徒の記憶に残りやすい。

「だから、生徒たちに訊いて回る。あの日、授業中に席を立った講師はいなかったかって。これで席を立って長時間戻らなかった講師がいたら、その人が犯人だ」

梨央は頷き、萌絵も納得していた。三人は事件当時、授業を受けていた生徒たちを当たり始めた。


「どうしてだ」

龍也は空いている授業ブースに突っ伏し、悲しそうに言った。

「どうして、授業中に席を立った講師がいないんだ」

あれから数日。梨央たちは、事件当日に一番星学院にいた生徒全員に話を聞いた。だが、席を立った講師の目撃情報は手に入らなかった。

「講師が犯人っていうのは、違ったみたいだね」

萌絵が冷静につぶやく。龍也は机に額を押し当て、くそーと唸り声を上げた。

「自信あったんだけどな」

顔を上げた龍也は眉を下げ、困り果てた表情をしていた。

「だけど、斎木でもなくて、講師でもないとすれば一体誰がやったんだ」

その疑問には、梨央も萌絵も答えることができなかった。

「どうしたんですか」

不意に背後から声が掛かった。きびきびした生真面目な声。梨央には振り向かなくても誰か分かった。

それでも振り向くと、そこにはテキストを抱えた不破が立っていた。

「何か困っている様子でしたが」

不破は梨央たちに視線を向ける。相変わらずの凍《こご》えた瞳《ひとみ》に、本能的な恐怖心が湧《わ》いてくる。

しかし、最近の不破は少し変わった。厳しいのはいつも通りなのだが、なぜか生徒の話を真剣に聞いてくれるようになったし、雑談にも応じてくれるようになった。

「どうかしましたか。困っているのなら相談に乗りますよ」

不破は真面目に提案した。こういうところも少し変わったと思う梨央だが、さすがに事件の捜査をしているとは言い出せない。また室長の時のようにやんわり注意されそうだからだ。

「いえ、何でもありません」

結局、梨央は首を振るしかなかった。不破はそうですかと言って、奥の授業ブースの方に向かって行った。

「今の話、聞かれてたかな」

龍也が不安そうに囁く。梨央は聞かれていたかどうか判断しかねたが、龍也を安心させようとこう返した。

「聞かれてなかったと思うよ。結構距離があったし」

「そうだといいけど」

龍也は心配そうに不破の姿を見つめていた。


梨央たちの話を漏らさず聞いていた不破は、講師は犯人ではないという自分の考えに確信を抱いた。

事件発生時、ブースで授業をしていた彼には、講師が席を立っていないことは何となく感じられていた。そもそも普段から授業中に席を立つ講師は少なく、せいぜい塾の棚にあるワークを取りに行く程度だ。あの日はその気配すらなく、どの講師もずっとブースにいたはずだった。

記憶漏れということはあり得るが、ゲーム機水没のために流しに水を溜めるにはそれなりの時間が掛かる。講師がそれをやれば、長時間の離席となってしまうだろう。さすがに生徒が不安がり、印象に残るはずだ。

これらの理由から、不破は講師犯人説には否定的だった。そして梨央たちの調査の結果を加味し、講師は犯人ではないと結論付けた。

斎木が犯人でないことは、授業開始後に漏れ聞こえてきたゲームのＢＧＭで把握していた。そうなると、講師でもなく斎木でもなく、犯人はあの人物しかいなかった。

数日考えた末にたどり着いた、真犯人。その人物がやって来るのを不破は待っていた。場所は自習室。少し遅い時間なので、今日は誰もいなかった。内密な話をするのに相応《ふさわ》しかった。

「不破先生」

その人物は、そっとドアを開けて自習室に入ってきた。今からゲーム機水没の犯人と名指しされるとは思ってもいないようだ。不破は優しくその人物を迎え入れ、席に座らせる。

「どうしたんですか、自習室になんて呼び出して」

急に呼び出されて不安はあるようだが、強いてそれを押し隠している態度だ。その不安定な気持ちを落ち着かせ、犯行を認めさせるのが不破の目的だった。

「今日の授業は捗《はかど》りましたか」

不破は何気ない会話から入る。この方が話を引き出しやすいからだ。

「ええ、捗りました。順調すぎて怖いぐらいです」

「そうですか。具体的には、どう捗りましたか」

不破はその人物の隣に腰を下ろす。並んで座ることで話しやすくさせるテクニックだ。

「問題はスムーズに解けていましたし、正答率も高かったです。良い授業でした」

「周囲がうるさいことはなかったですか」

「そうですね、特にはなかったです。まあ、斎木君が少しうるさかったですが」

狙い通り、斎木の名前が出た。これで自然な形で事件の話題に移ることができる。

「斎木君といえばゲーム機水没事件で落ち込んでいましたが、もう元気になったんですか」

「ええ、もういつも通りです。何でも、親に同じゲーム機をまた買ってもらったとか」

「なるほど、それなら元気にもなりますね」

不破は苦笑しつつ、次の段階へと会話を進めた。

「ところで、ゲーム機水没事件をどう思いますか」

相手が避けたいであろう話題を、敢《あ》えて振る。反応を見る狙いもあった。

「大変な事件だなとは思いました。でも、私には関係ありません」

「まあそう言わず、犯人の気持ちになって考えてみましょう」

その人物はきょとんとした顔になった。

「今回の事件は、斎木君に対する嫌がらせに他なりません。大事にしているゲーム機を水没させる。犯人には斎木君への恨みがあったんです。しかし、誰かを恨む、嫌だと思うことは仕方ないことです。何らかの集団に所属すれば、嫌な奴は必ず何人かいます。だから、誰かを恨むことはどうしようもないことなんです。

ただ、今回の犯人は、その恨みを我慢できず、行動に移してしまったんでしょう。憎悪のパワーは強いですから、我慢できなかったことはある程度は責められません。斎木君をきちんと指導しなかった学校や塾にも責任はあるはずです」

決して強く責めず、共感を示すことで話しやすくする。刑事時代に嫌というほど学んだテクニックだ。

「何が仰《おつしや》りたいんですか」

その人物は痺《しび》れを切らしたのか、そう問い掛けた。いよいよ疑っていると伝えるべきか。

不破は背筋を伸ばし、ついにその一言を告げた。

「斎木君のゲーム機を水没させたのは、あなたですね」

並んで座るその人物の背が、震えた。

「どうしてそう断言できるんですか」

「私が犯人の正体に気付いたのは、わざわざ手洗い場の流しに水を溜めていたからでした。ゲーム機を水没させたいのなら、便器の中に落とせばいいんです。便器には一定量の水が溜まっていますからね。それなのに、犯人はわざわざ流しに水を溜めて、そこに落としました。時間は掛かるし、水の音で不審に思われる危険性もある。何一つメリットのない行動です。なぜこんな行動を起こしたのか、その謎が犯人特定に繋がっていきます」

不破は横目でその人物を見やりながら、謎に迫っていった。

「ゲーム機を便器に落とさなかった犯人。その行動は不可解ですが、何か理由があったはずです。その理由があったからこそ、犯人は便器を使わず、わざわざ流しに水を溜めたのですから。では、その理由とは何か。それを考えていると、私は一つの理由に行き当たりました」

不破は青ざめ始めた相手を刺激しすぎないよう、言葉と口調を選んで話し続けた。

「私があの男子トイレの便器を調べた時、便座を上げない状態では、横向きのゲーム機はそこを通りそうにありませんでした。縦向きなら通ったかもしれませんが、それでは大きさゆえに全体が水没しません。つまり、便座を上げないことには、ゲーム機を中に落として完全に水没させられないということです。ということは、犯人には便座を上げられないやむを得ぬ事情があったということです」

不破は淡々と事実を語っていく。

「しかし、便座を上げられない事情とは何でしょう。便座など片手でも上げられます。両腕を怪我《けが》していれば上げられないかもしれませんが、そんな人は塾内にはいませんし、そんな状態ならそもそもゲーム機を持ち出せないでしょう。便座を上げられない事情など存在しないのです」

この考えに至り不破は数日悩んだが、やがてその停滞を打破する発想に到達した。

「犯人は便座を物理的に上げられた。だとしたら、なぜ上げなかったのか。そこで思い付いたのが、心理的に上げられなかったという可能性です。物理的には上げられるのに怖くて上げられない。そういうことです。そして、問題になるのが、水没現場が男子トイレだったということです。男子トイレの便座を上げられない。その理由として考えられるのが、便座の動かし方に不安があったということです。さらに言うなら、男子トイレの便座の上げ下げに自分の知らないルールがある可能性を感じ、犯人特定の根拠とされないよう動かすのを避けたんです」

　ここまで言えば、後は最後の仕上げだけだ。

「男子トイレの便座の上げ下げのルールを恐れるのは、当然男子ではありません。男子はいつも便器を使っているわけですから、使い方は熟知しています。となると、犯人はそれを知らない女子ということになります。そして、事件当時に授業中の講師と生徒で席を立った者はいませんでした。そうなると、事件当時、自習中で自由に動けた女子だけが犯人になり得ます。そしてその条件を満たすのはあなた一人だけなんです。そうですよね、小笠原萌絵さん」

　不破の隣に座るその人物――萌絵は黙り込んで視線を落としていた。

「自習をしていた男子は、斎木君、岡君、黒部君、漆原君の四人だけでした。ですが、それを見ていた小笠原さん自身もそこに含まれますね。あなたにも、ゲーム機を水没させることはできたんです。それに、男子トイレにゲーム機があったことから、誰もが男子の犯行を想像していました。女子であるあなたは誰にも『見えて』おらず、結果的に証言から漏れていたんです。もしかしたら、冴島先生や仲田先生は、薄らとは小笠原さんが通ったことを覚えていたかもしれません。しかし、迂闊《うかつ》にそれを証言して、明らかに犯人ではないと思われる小笠原さんが疑われるのは可哀《かわい》そうだと思ったのでしょう。重大なようでいて警察沙汰レベルではない——そんなこの事件のありようが、怪しい人は誰も通っていないというあいまいな証言を生んだのです」

これが殺人などの重大事件なら、誰もが正確に証言していただろう。

「トイレ前のパーティションを引いておけば、男女両方のトイレに誰も入って来ませんね。そうして安全策を講じておいて、小笠原さんは男子トイレでゲーム機を水没させました。便器の背後に隠したのは、トイレを出た後すぐに誰かが入って来ても、ゲーム機を即座に発見させないようにするためですね。発見が早いと、トイレへの出入りで犯人候補がぐっと絞られてしまいますから。男子トイレで、時間を空けて発見させることで、容疑から逃れようとしたんですね。しかし、男子の仕業に見せかけるために男子トイレを使ったことが裏目に出ました」

自習中の女子が一人だけだったのは、萌絵にとって不運だった。複数人いれば、犯人の特定は困難だっただろう。

「私は……そんなことはしていません」

萌絵は、それでも弱々しい声で否定を続けた。不破の犯人特定の根拠はあくまで論理に過ぎず、物的証拠はなかった。

こうなれば、あの手を使うしかあるまい。

「私の考えは間違いないはずです。それに、ゲーム機が水没させられた時、塾内には大勢の講師や生徒がいました。いくら小笠原さんが『見えて』いなかったとしても、改めて聞き直せば誰かが目撃したことを思い出すはずです。ゲーム機のあるブースに行く姿、トイレに入っていく姿……」

不破は前置きを語っていく。こうして根拠を補強した上で、次の威力のある質問に移る前準備をしているのだ。

そして前置きを終えて、その質問を放った。

「小笠原さん、あなたがゲーム機を取ったりトイレに入ったりしたのを、誰かに見られた可能性はありませんか」

萌絵が目を見開いた。彼女は返事ができなくなり、彫像のように固まってしまった。

やはり威力が強い。だが、子供には強すぎたかもしれない。不破は反省しながら、今放った「可能性質問」の効果を考えていた。

「可能性質問」は、刑事時代に先輩から教わったテクニックだ。質問法の一つで、「〜を見られた可能性はありませんか」などと、犯人であれば当てはまり得る可能性を問うものをいう。前置きとして、目撃者がいそうだという雰囲気を作る言葉を提示しておけばより効果的だ。

この質問法は、犯行を見られたというネガティブな可能性を投げかけることで、犯人にだけ反応を示してもらおうという手法だ。犯人でなければ「何だそれ」で終わるところ、犯人にとっては「もしや見られたか」という疑念から挙動や言動がおかしくなる。可能性だけなら、やましいところのある犯人は何とでも想像できてしまうので、些細《ささい》な嘘のサインを含めると、必ず何らかの反応が現れるという。

「私は、私は……」

萌絵はようやく声を発したが、うまく言葉が出てこない。可能性質問に揺さぶられて、明らかな嘘のサインが出てしまっていた。彼女の犯行で間違いないと確信した不破は、努めて優しく問い掛けた。

「どうしてこんなことをしたのか、教えてくれませんか」

萌絵は堪《こら》えようとしていたが、限界に達したようだ。肩を震わせ、ついには涙を流し始めた。

「ごめんなさい、ごめんなさい。私が悪いんです」

自白と捉《とら》えて良さそうだった。涙に濡れた声で、彼女はごめんなさいと繰り返す。

ただ、萌絵はそう言うばかりで、肝心の犯行動機を語ろうとしなかった。可能性質問は、問い方からして明らかに疑っているというサインが出てしまう質問法だ。それゆえ、最後の勝負にしか使えない。そんな強い疑念を向けられ、萌絵は怖かっただろう。不破はその怯《おび》えを解消する方向に会話の舵《かじ》を切った。

「私は小笠原さんを責めたいわけではありません。どうしてこんなことをしたのか、事情を知りたいだけです。事情を知れば、今後どうすれば良い方向に向かって行けるか、助言ができると思うんです。誰も小笠原さんを責めたりはしません。話だけでも聞かせてもらえませんか」

　決して相手を責めず、悲惨な事態を想像させない言い方。刑事時代からずっと使ってきたテクニックだ。とはいえ、彼が発した言葉は全て本心で、萌絵のことを助けたいと強く願っていた。

「小笠原さんは、いつも勉強を頑張っていて、学校でもクラス委員長を務めるなどとても真面目です。そんな小笠原さんがこんなことをするなんて、私はよほどの理由があったと思うんです。誰か別の人のせいだったのか、あるいは塾が悪かったのか。その理由を教えてくれたら、きっと私は手助けができるはずなんです」

　相手を褒め、彼女以外に理由があると逃げ道を提示する。子供だろうが大人だろうが、効果のある説得のテクニックだ。

　萌絵は俯いていたが、不破の説得で涙が止まったようだった。顔を上げ、震える唇をきゅっと結んで動機を語り出した。

「斎木が、憎らしかったんです」

　優等生の萌絵らしくない発言だ。だが、それゆえに迫力と信憑性《しんぴょうせい》があった。

「塾での自習中、斎木がうるさいと感じていました。斎木はいつも早い時間から来て、喋ったりゲームをしたりするんです。最初はちょっと騒がしいなという程度にしか感じていなかったんですが、段々とそのうるささが嫌になってきて。最後には我慢できないほどになっていました」

不破は、斎木をしっかり注意しなかったことを後悔した。注意は後にしようかなどと思ってしまったことを恥じる。

「それで、つい出来心からSNSに斎木を罵《ののし》る書き込みをしてしまいました。でも斎木があまり堪《こた》えていない様子でうるさいままだったので、ゲーム機を水没させたんです」

いじめとゲーム機の事件は繋がっていた。納得のいく展開だが、不破にはまだ、語られていない部分があるという直感があった。

「それだけじゃないですよね。もっと話したいことがあるんじゃないですか」

促すと、萌絵は目を見張った。そこまで見抜いているのかという表情だ。

「話してみてください。小笠原さんの不利益になるようなことはしませんから」

柔らかく諭すと、萌絵はおずおずと話し始めた。

「斎木へのいじめについて、学校の先生から問い詰められたんです。尤《もっと》も、お前がやったんだろうと迫られたわけではありません。斎木をいじめているのは岡たちだろう、お前は何か知っているんじゃないかと訊かれたんです。私はクラス委員長をしているから、クラスのことをよく見ているはずだと言われて」

思わぬ方向に話が展開した。

「私は正直に、何も見ていないし何も知らないと答えました。でも先生たちは、本当か、何か隠しているんじゃないのかと続けざまに尋ねてきました。ちょっと怖いぐらいの真剣さだったんです。それは、まるで強い根拠があるような言い方でした。

だから私は、何を根拠にそう言っているのかと訊き返しました。すると口の軽い先生が、斎木自身がそう証言したと言いました。岡たちがネット上に悪口を書いたり、ものを隠したりしていると、斎木が強く言ったそうです」

斎木がそんなことを言っていたとは。不破にはいじめの犯人を探してくれと言っていたのに、学校側には岡たちを告発した。何か証拠でも摑んだのだろうか。

「ネットで悪口を書いたのは私なのに、先生たちは岡たちがやったんだと疑い続けました。小笠原は皆を観察できているから知っているはずだ。先生たちにそう厳しく迫られて、私は困り果てたんです。だって犯人は岡たちじゃなくて私なんですから。散々知りませんと言い続けて、ようやく解放された時はほっとしました」

萌絵にとっては恐怖の時間だったろう。これだけでも、きっかけとなった斎木を恨むことに繋がりそうだ。しかし、彼女にはまだ話したいことがあるようだった。

「でも、家に帰りながらどんどん不安になっていきました。このままでは自分のやったことがバレるんじゃないか。きつく問い質されたこともあって、気持ちが落ち着きませんでした。しかも、先生たちに捕まっていたせいで塾に行くのが遅れて、勉強計画が崩れました。お母さんにも遅い帰宅を怒られて、徐々に斎木に腹が立ってきました。どうして岡たちにいじめられたなんて言ったのか。それを考え続けて塾に行くと、斎木がうるさく騒いでいました。ゲーム機を弄《いじ》りながら。そこでふと、思い立ってしまったんです。あのゲーム機を壊したら、斎木は悔しがるだろうなって」

学校での詰問、勉強の遅れ、母親からの叱責《しっせき》。不運の連鎖が、今回の事件を生んだようだった。

「だけど、SNSに斎木を罵る書き込みをした後、私、ずっと怖かったんです」

萌絵は再び涙声になって言った。

「誰かが私のやったことに気付いていたらどうしよう。不安になって、いじめのことを調べている梨央と龍也くんに近付きました。どれだけ調査されているか、知ろうとしたんです。でも、二人が色々調べているのを見ていると、余計に怖くなってきました。いつ真相にたどり着かれてしまうのか。二人がいじめの話をするのを聞いている間、生きた心地がしませんでした」

それで彼女は、あの二人と接近していたのだ。

「ですが、SNSに書き込みをして、その後にゲーム機を水没させてしまったのは出来心からだったんです。最近、成績が思ったように伸びなくてイライラしていました。一時は優しくなったお母さんもまた厳しくなって、ストレスが溜まっていたんです。反省していますから、このことは誰にも言わないでください。お願いします」

萌絵は頭を下げる。不破は許したい思いもあったが、結果的にはかぶりを振った。

「残念ながら、誰にも言わないわけにはいきません」

「そんな……」

落胆した眼差《まなざ》しが向けられる。信じていたのに、とその目が訴えかけていた。

「人のものを壊すのは立派な罪です。少なくとも被害者には、誰が壊したかを伝えなければなりません」

落胆で暗くなった目に、絶望の色が広がっていく。斎木に伝わることを恐れているのだ。

「ですが、できる限りおおごとにならないよう、対処はします。安心してください」

そう言ったものの、萌絵はなおも不安そうだった。彼女は目元を拭《ぬぐ》い、席を立つ。

「もういいですか。そろそろ、お母さんが迎えに来るので」

憂鬱《ゆううつ》そうに言って、カバンを肩に掛けた。不破はその姿を見ながら、一言こう告げた。

「大丈夫。悪いようにはしません」

言葉に力を込めた。それが伝わっただろうか。萌絵は微《かす》かに期待するような視線を送り、自習室から出て行った。

「さて、では次に移りましょうか」

萌絵がいなくなった自習室で、不破はひとりごちながらスマホを操作した。斎木の悪口が書かれたSNSを見る。「通り魔斎木」と題された、学校内でパーカーのフードをかぶる彼の画像などに目を通し、不破はこうつぶやいた。

「やはり……」

彼の頭の中には、真相と、ことをおおごとにしない道筋の両方が浮かんでいた。

午後九時五〇分。授業を終えて静まり返った一番星学院に、生徒が一人だけ残されていた。保護者了承済みで残されたのは斎木だった。この静けさに気詰まりなようで、しきりに体をもじもじさせている。

「あの、俺、どうして残されてるの」

先ほどから五回目になる同じ質問。しかし、アルバイトの講師たちが、いつも通り十時を前に帰るのを見届けていた不破は、その質問には答えなかった。

「室長、他の先生たちは帰りました」

「よし。じゃあ任せたよ」

不破が報告すると、室長はそう促した。本来こういうことは室長がするべきなのだが、当の室長は胸ポケットに入れていたハンコを落としたとかでそこら中を探し回っている。この件については不破に丸投げをしたようだ。

他にも、正社員講師の冴島と仲田が今はいるが、パソコンに向かって事務作業を行っていた。尤も、斎木との関係で言えば担任の不破が親密だから、正社員講師より優先したという事情もあるのだろう。

また正社員講師は忙しく、深夜まで残業をすることがあるので、業務を増やさないようにという配慮もあったのかもしれない。室長、冴島、仲田の誰か一人、もしくは複数で毎日深夜まで残っているらしい。残業開始がそもそも遅い時間だからそうなるのだが、ハードな仕事であることは変わりない。

ちなみに、最終授業の始まる頃に早く帰ることのある室長だが、やる時は深夜まで残業はするようだ。

「ねえ、まだ？」

斎木が騒ぎ始めた。そろそろだなと思い、不破は彼の隣の席に腰を下ろした。

「ゲーム機を壊したのが誰か分かりましたよ」

そう切り出すと、斎木はおおっ、と声を上げて身を乗り出した。

「誰だったの。絶対に許さない」

その目には怒りの感情がこもっていた。そんな彼に対し、不破は誰がやったのかを明らかにした。

「小笠原萌絵さんです」

斎木はぽかんとして口を開けた。

「小笠原が？　どうして」

不破は事情を説明した。萌絵が学校の先生に詰問されたあたりを、斎木は気まずそうに聞いていた。

「なるほどね。それは小笠原も可哀そうだ。でも、一番可哀そうなのはやっぱり被害者の俺だよ。ゲーム機を壊されて、大変な精神的苦痛を受けたんだから」

話を聞き終えて、一丁前に自分の胸を指差す。

「で、小笠原はいつ謝りに来るの。そうだ、弁償と慰謝料も必要だよね。たっぷり払ってもらわないと気が済まない」

無理をして大人びたことを主張する。だがその態度はどこか、怯えを隠しているような気配があった。

「一つ質問があるのですが、いいですか」

「質問？　何？」

斎木はとっさに反応しきれず、声を裏返らせた。

その態度を見て間違いないと確信した不破は、真正面から問い掛けた。

「斎木君は、本当にいじめに遭っていたんですか」

たった一言で、表情が凍った。お喋りな彼らしくない沈黙の時間が流れる。

「SNSや裏サイトの書き込みは、ほとんど全てが自作自演。ものを隠されたというのも、斎木君が言っているだけで本当はなくなってすらいないんですね」

「……どうしてそう思うの」

ようやく彼は言葉を発した。だが、不破はここで敢えて話題を変えた。

「ところで話は変わりますが、斎木君は学校内で問題のパーカーのフードをかぶったことはありますか」

「え、パーカーのフード？」

斎木には奇妙な質問に聞こえたかもしれない。

「さあ、どうだったかな。いちいち覚えてないよ」

「どうでしょう。しっかり思い出してほしいんです」

「そう言われてもなあ。ええと……」

斎木は考え込む。記憶を探っている、のではないだろう。恐らく、どう答えれば疑惑を逃れられるか考えているのだ。

「まあ、学校内ではかぶってないと思う」

「間違いないですか」

「うん……。間違いない。学校ではかぶってないよ」

見事に罠《わな》にはまった。不破はスマホを取り出し、画面を示した。

「残念ですが、それは嘘ですね。ＳＮＳの書き込みに証拠があります。『通り魔斎木』と題された、この写真付きのものですね」

不破のスマホにはその書き込みが表示されていた。学校内でパーカーのフードをかぶった斎木の写真が載っているものだ。

「あ……」

斎木は気まずそうに言葉を途切れさせた。不破は、この証拠写真があることを前提として、彼に嘘の証言をさせる罠を張ったのだ。フードをかぶっていないと言わせた後に、フードをかぶった写真を提示して追い詰めるために。「証拠の後出しジャンケン」とでも言うべきこの手法は、取り調べでよく使った手だ。

「学校内でかぶっていますよね。どうして先ほどは、かぶっていないと言ったんですか」

不破の指摘に、斎木の喉がごくんと上下した。

「かぶってたみたいだね。すっかり忘れてた」

「学校で、パーカーのフードをかぶった記憶があるんですね」

「いや、それはどうかな。よく覚えてない」

「ですが、こうしてSNSに写真が残っています。それでも記憶がないというんですか」

なおも追及すると、斎木はわざとらしく手を打った。

「ああそうだ。かぶった。かぶったこと、あった。今思い出したよ」

大げさに頷いてみせるが、それこそが不破が仕掛けた二重の罠だった。

「ですがおかしいですね。斎木君は、通学途中に服装をからかわれたんでしたよね。学校に向かう途中ですからもう着替えはできませんが、パーカーのフードを外すぐらいはしたはずです。そうすれば通り魔とは少し違う印象になりますからね。そして、一度フードを外した以上は、学校内でそれをかぶり直すことはしなかったはずです。なぜなら、通り魔の服装は地域のニュースとして大きな話題になっていて、同級生たちは皆知っていたからです。フードをかぶれば、話題に飛びつきやすい中学生たちに、そっくりだとからかわれるのは目に見えています。ですから、こんな風にフードをかぶった姿で写真に撮られるなど絶対にしなかったでしょう。それなのに、この写真が残っているというのは大きな矛盾です」

不破は滔々《とうとう》と矛盾点を指し示す。

「写真は、別の日に撮られたのかも。からかわれたのを忘れかけた頃に」

「その服装は、その日に初めて着て行き、翌日以降は着て行かなかったと斎木君が言っていました。そもそも通り魔に似た服装なら、着て行った初日にからかわれ、次の日からは着て行かないというのが自然です。別の日に油断して写真に撮られたという主張は通りません」

否定され、斎木はまた言葉に詰まった。

「はっきりと言いましょう。この写真は、斎木君が自分で撮ったものですね。SNSで自作自演の書き込みをするために」

書き込みの印象を強めるための添付写真。それを使ったがゆえに、斎木は目論見《もくろみ》を見破られてしまった。

「さて、こうなると不思議ですね。斎木君はなぜ自作自演を行ったのか。いじめに遭ったと騒ぎを起こしてまでやりたかったことは、一体何なのか」

不破は次の段階に話を進めた。

「架空のいじめ被害を作り上げることで得られる効果。それは、加害者たちを罰してもらえるということです。いじめがあれば学校側は何らかの行動を起こしますからね。それによって、何もしていないある人たちを、あたかも加害者のように装って罰させるのが、斎木君の目的だったんです」

加害者にさせられるある人たち。その正体ははっきりしていた。

「斎木君。君は学校側に、岡君たちにいじめられていると訴えたそうですね。それはつまり、岡君たちを加害者だと思わせ、罰を与えさせようとしたということです」

岡、黒部、漆原。あの三人を罠に嵌《は》めようとしたのだ。

「岡君たちには、日頃からからかわれていたんですよね。その恨みが積もり積もっていたんでしょう。そんな中、恐らくですが、斎木君は通り魔誤認逮捕のニュースを見たのではないですか。無実の人が疑われて多大な苦痛を覚えた冤罪事件。これは使える。きっとそう思ったことでしょう」

斎木は意外とニュースを見ている。不破は以前にそう感じていた。

「岡君たちも、誤認逮捕のようなつらい目に遭わせてやりたい。そう考えて、今回の計画を練りましたね。いじめを訴えた側が嘘をついているとは、学校側はあまり強く主張できません。その逆手を取った作戦です。尤も、当初は塾内でいじめを訴えるなど、学校に頼るつもりはなかったようですね。学校に被害を訴えたけど動きが鈍かった、というのは嘘でしょう。学校は信頼が置けませんでしたか。ただ、塾側の動きも鈍いと見ると、学校側に岡君たちを告発したのは切り替えが早かったですね。私たち塾側の人間も、その早さは見習うべきでした」

斎木はすっかりしおれていた。これ以上追及するのも可哀そうかと思ったが、ある理由からここで止まるわけにはいかなかった。

「もちろん、斎木君をからかった岡君たちも悪いです。しかし、架空のいじめを作り上げる斎木君の作戦の煽《あお》りを受けて、小笠原萌絵さんはゲーム機を破壊してしまいました。人のものを壊すのはもちろん悪ですが、架空のいじめを作らなければ、彼女がそんなことをしなかったというのも事実です。あなたの行動のせいで、小笠原さんは手を汚すことになったんですよ。そのことは反省しましょう」

不破が厳しく言うと、斎木は口をぱくぱくさせて言葉を絞り出した。

「俺だって被害者だ。岡たちが一番悪いんだ」

「そうかもしれませんが、悪意を以《もっ》て誰かを陥れようとした時点で同じですよ」

「でも、被害に遭ってからやり返すのは正当な復讐《ふくしゅう》だ。悪くない」

「復讐だって、誰かを罠に嵌めれば立派な悪です。許されるべきことではありません」

「そんな。俺は、俺は……」

不破は敢えてきつい口調を使う。反論を次々潰《つぶ》された斎木は、枯れた花のようになって頭を垂れた。

「俺はただ、岡たちにからかわれたのが嫌だっただけなんだ」

そうとだけ言うと、斎木は頭を抱え、机に突っ伏した。

「ちくしょう。何でうまくいかないんだよ。岡たちのやったことは誰も止めなかったのに」

悲痛な嘆きがこだまする。彼だってきっと被害者だったのだ。だが、加害者に転じたことで彼もまた糾弾される立場になってしまった。

「小笠原さんのこと、許してもらえますか」

優しい声で問い掛けた。不破が敢えて厳しく追及した理由はこれだった。萌絵の犯行を伝えつつ、それ以上おおごとにしない。そのためには、斎木に罪を自覚させ、観念させる必要があった。

「小笠原さんを許してもらえるなら、悪いようにはしません。非は岡君たちにありますからね。斎木君だけが罰せられるような状況は避けるつもりです」

原因は他にあると提示し、責めずに逃げ道を作る。不破の会話テクニックによって、斎木の表情が少しずつ緩んでいった。

「さあ、親御さんが待っています。そろそろ帰りましょう」

不破は斎木を促して立ち上がらせた。彼の親には迎えを頼んでいた。勉強のことで、遅くまで教える必要があると伝えてのことだった。

「あの、うちの親にはこのことは……」

怯えた声で問う。この年代の子にとって、世界で一番嫌なことは親に叱《しか》られることだ。

「親御さんには黙っています。安心してください」

その一言で、落ち込んでいた表情がぱっと明るくなった。

「やっぱり不破先生は良い先生だ。ありがとう」

斎木は喜びながら、一番星学院から出て行った。良い先生か、と不破は苦笑する。雪室の言うような理想の講師に近付けているのだろうか。自問自答する日々だった。

その日以来、斎木は毒気が抜けたようになった。塾内でも静かにしていることが増え、以前ほどの騒がしさはなくなった。彼なりに責任を感じているのだろう。

学校側は、最終的にいじめはなかったという判断を下した。ただし、斎木をからかったことで、岡、黒部、漆原の三人には厳しい注意が与えられた。さすがにお咎《とが》めなしとはいかなかったようだ。

「そうしてこの一件は無事に解決したんだ。苦労の多い事件だったよ」

これらの経緯を、不破はじっくりと語っていた。相手は雪室だ。いつもの居酒屋の奥の席で、焼き鳥を当てに二人は飲んでいた。

「そうだったか。お前も苦労するな」

雪室は苦笑した。

「しかし、斎木君と実名で告げたということは、また俺に頼み事があるのか。小笠原萌絵さんの家はパトロールのたびに見ているけど、今度は何だ」

飲んでいても、雪室は察したようだ。前に萌絵の自宅の監視を頼んだ時と同様、彼には依頼しておきたいことがあった。

「登下校中だけでいいから、斎木君が岡君たちに報復を受けていないか見張っていてほしいんだ」

この依頼に、雪室はなるほどと片目を閉じてみせた。

「結果的に、岡君たちは学校の先生から厳しい注意を受けている。斎木君がいじめのことで騒いでいたのは広く知られているから、そのことで岡君たちが報復をしないとも限らない。いや、むしろそうする可能性は高いだろう。だから登下校中だけでも見張りをお願いしたい」

不破は頭を下げた。

「いいよ、頭なんか下げなくても。俺のできる範囲でやってみるから」

「そうか。ありがとう」

不破は頭を上げ、安堵《あんど》してジョッキを手に取り口元に運んだ。

「しかし、お前はやっぱり警察官だな」

上下していた不破の喉の動きが止まる。

「どうしてそう思うんだ」

「そりゃそうだろ。塾の生徒の情報を俺に流し、監視を依頼しているんだから。小笠原萌絵さんの時と同じだ。お前はまだ、塾講師というよりも警察官なんだ」

塾講師というよりも警察官。そう言われ、妙に悔しかった。塾講師として経験を積んだ自負があったのだ。とはいえ、相手は大学時代に四年間塾講師を務めた男だ。下手な反論は効果がないと感じ、不破は黙っていた。

「だけど、個別指導塾講師として、お前は成長したんじゃないか」

続けて、雪室は矛盾するようなことを言った。しかし、矛盾はしていなかったと後に不破は理解することになる。

「斎木君が最後に小笠原萌絵さんを許したのは、お前と斎木君の間に信頼関係があったからだろう。信頼できない奴の言うことは、どんな正論でも聞けないものだ。ましてや、今回のような苦渋の決断を中学生にさせることができたのは、お前が作っていた関係性のお陰だ。良い個別指導塾講師になったと思うよ」

生徒の話を否定せず話を聞いたり、共感を示したり。そういったことで培ってきた信頼が活《い》きたということだ。厳しい指導も信頼関係があれば大丈夫。雪室がそう言ったのを参考にしていたが、こういう形で役立つとは思っていなかった。

「はは。熱く語っちゃったな。でも、熱く語るついでにもう一テーマ」

頭の後ろを掻きつつ、雪室は前のめりになった。

「いじめってさ、判断が難しいよな。ここからここまではセーフで、ある一線を超えたらアウト。そんな明確な線引きはないからさ、俺たちが学生の頃も、判断に困るケースはなかったか」

不破は思い出す。クラスの隅にいた男子には誰も話しかけず、その姿を見て陰で笑っていた同級生もいた。あれはいじめだったのか、そうでなかったのか。

「そのあいまいな行為を恨みに思って、被害者が反撃に出た場合、それは悪いことなんだろうか」

「いくら被害者だろうが、反撃に出た時点で悪い。暴力を行使するなどした場合は、明らかに罪だ」

断言すると、雪室はおかしそうに笑った。

「お前らしいな。法律に根差した、立派な警察官だ」

雪室はなおも笑っていたが、やがて口元を引き結び、声のトーンを落とした。

「実は俺、中学生の時にいじめられていたんだよな」

予期せぬ告白に、不破は焼き鳥の串《くし》を摑んでいた手を止めた。

「とはいっても、派手な暴力や嫌がらせを受けたわけじゃない。ただ、何となくグループから弾《はじ》かれて孤立して、何となく陰で笑われて。そういうあいまいな状態が続いたんだ。学校側はお前自身が悪いという態度で、何も認めなかった。でも俺は、あれはいじめだったと確信している」

不破は気まずい感覚を味わいつつも、話を聞かなければと耳を傾け続けた。

「そんな苦しい立場から脱するために、俺は体を鍛えた。それで事態を打開しようとしたんだ。だけど、いくら鍛えても状況は変わらなかった。俺はグループには戻れないし、陰で笑われ続けた。結局、卒業するまでそれは続いたんだ」

雪室は遠くを見るような目をしていたが、語りは止まらなかった。

「その経験から得た教訓がある。いじめられた者の気持ちは、その当人にしか分からないということだ。斎木君は岡君たちにからかわれたそうだが、それはいじめと言っていいと思う。それを苦痛に感じて復讐しようとしたのなら、俺は斎木君に共感する。少なくとも、責めることはできない」

警察官が復讐を良しとする。思わぬ意見だが、不破の心には不思議と響いていた。雪室は本気でそう言っている。そのことが伝わったからだ。

「そもそも、いじめの加害行為や加害者――犯人は、大人には見えにくい。加害行為が特定されることは滅多《めった》にないし、もみ消されることもある。犯人はのさばっていく。いわば『見えない犯人』だ。岡君たちのからかいを大人は些細なことと見がちだが、斎木君にとってそれはいじめだったんじゃないのか。

斎木君の行いを愚かだと断じるのは簡単だ。でも、その背後に潜む問題を見過ごしているようでは、何も解決しないよ」

不破は静かに頷く。

「俺にとって、いじめはもう過去のものだ。高校からは多くの大切な人たちと出会って、成長することができた。体を鍛えていたお陰で警察官にもなれた。だけど、中学時代のあの寂しかった教室で、誰かが声を掛けてくれていれば俺はもう少し楽だった。だから、俺は苦しんでいる誰かの力になりたい。そう思って警察官になったんだ」

そう言い切って、雪室はビールを一気に呷《あお》った。

「ここまで言ったのは、お前が初めてだ。どうも今日の俺は酔いが回っているらしい」

恥ずかしさを隠すように、雪室は焼き鳥にかぶりついた。しかし不破は、そんな彼を好ましいと思った。不破は誰かとこうして飲みに行くことはほとんどない。だが、雪室とならいつでも飲みに行っていい。そう思うほどには彼に親しみを覚えていた。

「さて、深い話はここまで。ここからは下らない話で盛り上がるぞ」

雪室はいつもの明るい調子に戻った。不破はそんな彼のことも嫌いではなかった。

「おい斎木、俺らのことチクっただろ」

不破が一番星学院で授業準備を整えていると、不穏な会話が耳に入ってきた。

「俺らがいじめをしているだって。どうしてそうなるんだよ」

声からして、黒部と漆原だ。授業ブースにいた不破は声のする方に振り向く。案の定、離れたブースで黒部と漆原が、椅子に座る斎木を取り囲んでいた。

「俺は本当のことを言っただけだ」

斎木は勇気を振り絞って言い返す。だが、それが二人の逆鱗《げきりん》に触れた。

「何だと。てめえ、もう一回言ってみろ」

黒部が威圧するように凄んだ。斎木は怯え、今にも椅子から転げ落ちそうになっていた。

ここは割って入るべきだ。不破はそう判断した。生徒間のことは基本的には介入しないが、いじめとなれば話は別だ。

「ちょっと、何してるの」

声を発したのは不破ではなかった。彼が動くより前に、厳しい口調で黒部と漆原を制止したのは萌絵だった。

「あなたたち、それっていじめ？　やめなさいよ」

萌絵は二人を睨みつけた。黒部と漆原は一瞬腰が引けたようになったが、すぐにいつもの威勢を取り戻す。

「何だよ小笠原。お前には関係ないだろ」

漆原が、今度は萌絵相手に凄む。それでも彼女は引かなかった。

「関係あるよ。私だって……」

萌絵はそこで言葉を濁した。

「私だって、何だよ。ちゃんと最後まで言え」

漆原がますます語気を強める。だが萌絵は、それで逆に覚悟を決めたようだった。

「私だって、斎木をいじめていた。そのことを後悔しているから、もう斎木にはいじめ被害に遭ってほしくない」

声を大にして言った。斎木は目を見開き、意外そうに彼女を見た。

「そんなこと知るかよ。俺らはこいつにムカついてるんだ。一発シメさせろ」

ただ、萌絵一人では体格の良い男子二人に敵《かな》わない。黒部と漆原が並んで威圧すると、さすがの彼女も一歩下がらざるを得なかった。

ここは助けに入るべきだ。そう判断した不破だったが、結果的に割って入りはしなかった。

頼もしい援軍が到着したからだ。

「黒部、漆原。何してるの」

大声を上げて突っ込んできたのは梨央だった。背後には龍也も控えている。

「萌絵に何かしたらただじゃおかないよ。私たちはバンボシ探偵団の仲間なんだから」

梨央は黒部と漆原に迫る。体格差はあるものの、人数的に三対二になり、黒部と漆原は少し焦り始めた様子だ。

「お前ら何だよ。斎木なんか庇《かば》うなよ。こいつのことウザいって思わないのか」

黒部が動揺した口調で早口に言う。だが萌絵は首を振った。

「ウザいと思うのと、いじめるのはまた別の話。さあ、いい加減に解放して」

クラス委員長らしいはきはきした物言いに、黒部も漆原も押され始めた。

「おい、何してるんだ」

そこへ、岡が姿を現した。今しがた、一番星学院にやって来たようだ。斎木を取り囲む一同を見て、岡は大体の事情を悟ったようだった。

「黒部、漆原。お前らのやってることは正直、ものすごくダサいよ」

岡は、黒部と漆原に軽蔑《けいべつ》するような視線を送った。

「俺らが悪いんじゃねえよ。斎木が悪いんだ」

見下した言葉に、黒部と漆原は反発心を覚えたらしい。岡相手といえども声を張り上げる。

「斎木はうるさいし空気は読まないし、友達もいない寂しい奴だろ。いじめられて当然だ」

漆原が机を叩くが、岡は静かにかぶりを振った。

「斎木はもう寂しい奴じゃないだろ。庇ってくれる奴がこれだけいるんだから」

岡は梨央たちのことを見た。腕を組んで仁王立ちしている梨央、震えながらもその場に止《とど》まる龍也、そしてその中心で睨みを利かせる萌絵。不破が見ても頼もしく思えるメンバーだった。

いじめに端を発する今回の一件で萌絵は、梨央と龍也に打算から近付いた。だが、三人は意外と良い友達になれるのではないか。不破はそう思った。

「女二人にひょろい男一人か。案外、俺たちより頼りになるかもな」

岡は苦笑しつつ、黒部と漆原に向けて顎をしゃくった。

「もういいだろ。下らないことは終わりにしろ」

岡に諭され、黒部と漆原は渋々ながら頷いた。二人は斎木に軽く謝罪し、岡に連れられてその場を去って行った。

不破は、残された梨央たちのことを見ていた。梨央たち三人は、大丈夫だったかと斎木を慰めていた。事件を経て少し素直になった彼は、三人に感謝の言葉を述べていた。それを見ていると、不破はこれでいいんだと思えた。斎木には助けてくれる人がいる。それで充分だった。

不破は踵《きびす》を返し、また今日の授業準備に取り掛かった。

第三話　通り魔はそこにいる——冬期講習そして三学期

「今年の冬は寒いね」

一番星学院近くの自販機で、ホットココアを買いながら梨央はつぶやいた。一月に交わされる会話ベスト5があったら、間違いなく一位二位を争う台詞《せりふ》だろう。実際、日が暮れ始めた桜台には、冷たい北風が吹いていた。しかし、隣でその台詞を聞いていた龍也はお決まりの返しをした。

「それ、去年も言ってたぞ」

梨央は、えーそうかな、と口をへの字に曲げる。ついでに自販機から取り出したホットココアを、その口に流し込んだ。

「何なら、一昨年《おととし》も、その前の年も言ってた」

「えー。本当に？」

じゃれ合うような会話を楽しみつつも、梨央は少しばかりの寂しさを感じていた。あと一ヶ月——二月になれば私立高校の入試があり、翌月の三月になれば公立高校の入試も待っている。中三の同級生たちは皆、それぞれの進路に向かって歩んでいくのだ。

冬期講習で、梨央は頑張った。最近息の合ってきた不破と一緒に問題を解き続けて、苦手だった英単語テストも五回連続で一発合格した。勉強が分かってきた、という感覚を人生で初めて味わっていた。十一月に受けた模試も、英語で偏差値が五十を超えるという素晴らしい伸びを見せて、色々な人に褒められた。繰り返しやった単語テストの効果なのか、つづりのミスが大幅に減ったお陰らしい。

とはいえ、龍也には敵《かな》わない。模試で偏差値六十を軽く超えていく彼とは、当然だが高校は別々になる。

家が近いんだし仲良くし続ければいい。頭ではそう理解しているが、気持ちの面での距離ができることははっきりしている。龍也は高校受験を終えたら一番星学院を辞めるそうだ。個別指導塾では、高校受験を終えて円満退塾をする生徒が多い。龍也もそうするらしい。そうなると塾という接点もなくなってしまう。

仲の良い幼馴染《おさななじみ》と、もう仲良くできなくなる未来しか思い描けなくて、梨央はちょっぴり悲しくなっていた。

「それにしても、年末年始ぐらいはゆっくりしたかったな」

ホットレモンの缶を自販機から取り出しながら、龍也が言った。梨央は今の悲しさを無理やり打ち消して、明るい声を出した。

「受験生なんだもん。しょうがないよ」

年末年始ぐらいはゆっくりしたい。この言葉も、一月に交わされる台詞ベスト5に入るだろう。だが、受験生にそんな気の緩みは許されない。正月などの塾が休みの短い期間以外は、大量の冬期講習が待っているのだ。

「あーあ。早く受験、終わらないかな」

龍也は、ホットレモンの缶を開けて口をつける。しかし、中身を飲まず、彼は一番星学院の前をじっと見つめた。

「どうしたの」

梨央が尋ねると、龍也はしっと口の前で指を立てた。

「あそこにいる人、変じゃないか」

彼が指差す先には、一番星学院前の薄暗い道に立つ、若い男性がいた。黒のコートを着て、青のジーンズを穿《は》いている。

「どこが変なの」

そう訊《き》いた梨央だったが、すぐにその男性の奇妙さに気付いた。この寒い一月の風に吹かれながらも、彼は身動きもしないで、ずっと一番星学院の方を見ているのだ。

「何か、変だね」

「だろ。もしかして通り魔じゃないか」

龍也の縁起でもない発言に、恐怖が込み上げてきた。

桜台を騒がせる通り魔は、一月になっても捕まらなかった。秋以降も犯行を重ねて、ついに被害者は十人にもなった。警察も力を入れて捜査をしているようだが、有力な証拠すら見つけることができていないらしい。

「おい、こっちに来るぞ」

龍也の声で、梨央は身を固くした。謎《なぞ》の男性が自販機の方にやって来たのだ。

二人は自販機前でたむろしているので、急に立ち去るとなると不自然な状況だ。右にも左にも行けないで、その場に立ち止まるしかなかった。

「もしかして、一番星学院の生徒さん？」

その男性から、優しげな声が掛かった。身長は高く、コート越しながら体格の良さも伝わってきた。体を鍛えている人だなと察しがついた。そして、どこかで見た顔だとも思った。

「あれ、駅前交番のお巡りさん」

梨央は気付いた。その男性は、桜台駅前にある交番にいる、若いお巡りさんだった。登下校中の子供にも明るく声を掛けてくれる、爽《さわ》やかなお兄さんだ。確か同僚から雪室と呼ばれていた。

「何だ、俺《おれ》のこと分かるのか」

お巡りさんは頭を掻《か》いた。少し困ったような態度なのが不思議だった。

「だったらいいや。じゃあね」

お巡りさんは手を振って去ろうとする。梨央は首を捻《ひね》ったが、その時、お巡りさんがポケットから出そうとしたスマホが落ちて地面を滑った。

「やべ。画面割れてないかな」

お巡りさんは屈《かが》み込もうとするが、梨央の方が近かった。彼女はスマホを拾う。画面は割れていなかったが、手渡す時、スマホに付いたストラップが目に入った。

「わ、素敵なストラップ」

梨央は思わず声を上げていた。透明な四角形の袋に、上手な似顔絵が描かれた紙切れが入っている。目の前のお巡りさんの似顔絵だった。見たことのないストラップで興味を惹《ひ》かれた。

ただ、梨央はその後すぐに恥ずかしくなって目を伏せる。いきなり持ち物を褒めるなんて距離感が近すぎると思ったのだ。それでも、お巡りさんはにこやかに答えてくれた。

「そうだろう。これは大切な手作りのストラップで、世界に一つしかないんだ」

嬉《うれ》しそうにお巡りさんは笑った。恋人からのプレゼントかなと、梨央は勝手に想像する。

「それじゃあね。スマホ、拾ってくれてありがとう」

お巡りさんはポケットにスマホをしまうと、手を振って去って行った。

「結局、あの人はこんなところで何をしていたんだろうな」

「さあ。分かんない」

梨央は龍也とそんな会話をしたが、すぐに寒くなってきて、慌てて一番星学院に戻って行った。

「駅前交番のお巡りさんがいた?」

不破は、思わぬ梨央の発言に驚いた。午後六時半からの授業でのことだ。最近、生徒との雑談も信頼関係を築くのに必要と気付き、増やしていた中でそんな話題が出た。

「うん。夕方頃《ごろ》、そこの道に立って、じっとバンボシの方を見てた」

不破に会いに来たのか、それとも職務なのか。職務だとしたら一体何が目的なのか。来訪の理由が分からなかった。

授業が終わったら、雪室に連絡を取ってみるか。不破はそう考え、今は授業に集中することにした。梨央たち中三は、受験までもう秒読みだ。ここで手を抜いては、本番の結果に影響が出てしまう。

受験前ということもあり、一番星学院はバタバタした雰囲気だった。冬期講習中なので生徒は多く、講師たちも疲労が溜《た》まっている。正社員講師の仲田に至っては、今日は体調不良で早退していたので、代講や振替などで室長が慌ただしく動き回っていた。

「あーもう、この忙しいのに仲田先生がいないなんて」

室長はぶつぶつ言いながらパソコンのキーを叩《たた》いていた。机の上には、コーヒーの缶とゼリー飲料が置かれている。さすがの室長も一杯一杯のようだった。

「仲田先生がお休みの分の代講および振替、完了しました」

正社員講師の冴島が駆け足で室長に報告した。冷静さが売りの彼女も、今日ばかりは落ち着いてもいられないようだ。

そんな忙《せわ》しない空気にあてられたのか、不破はその日、雪室に連絡するのを忘れてしまった。なぜ一番星学院の前にいたのか。その謎は翌日に先送りされたかに見えた。

だが、その日のうちに雪室はもう、返事ができなくなってしまった。

その日の深夜、桜台の路上で死体となった雪室が発見されたのだ。


「雪室が死んだ？　本当なのか」

朝早くに警察学校の同期から掛かってきた電話に、不破はかつてないほど動揺した。

「本当だ。刃物で首の頸動脈《けいどうみゃく》を切られて殺されたらしい」

電話の相手は泣いていた。雪室と特に仲良くしていた男で、今は県警の鑑識課に所属していたはずだ。

「犯人は、捕まったのか」

「いや。現場から逃げたようで、まだ見つかっていない」

不破は怒りが込み上げてくるのを感じた。犯人を見つけ出したら、地の果てまでも追いかけて警察に突き出してやろうと思った。

「そうだ、通り魔の犯行という可能性はないのか」

ふと思い立って問い掛けた。

「あるかもな。雪室の死亡推定時刻が、今分かっている範囲だと午後九時～十一時頃なんだ。通り魔の犯行時刻である、午後九時～十時が入っている。充分あり得る」

同期はぽろっと、警察の内部情報をこぼす。雪室の死のショックと、少し前まで不破が警察官仲間だったことから、つい言ってしまったのだろうか。

これ以上聞くわけにはいかないが、雪室の無念も晴らしたかった。結果的に、不破は話を聞き続けることを選んだ。

「ただ、通り魔らしくない犯行であることも確かだ。通り魔はずっと髪の長い若い女性をターゲットにしていたが、雪室は短髪の男性だ。全然違う。それに、遺体には場所を移動された痕跡《こんせき》があった。路上で首を切り付けてその場で逃げた、という犯行ではないらしい」

何かとこれまでの犯行との相違点がある。簡単に通り魔の犯行と断じるのは早計だった。

「掌《てのひら》が傷付けられていたというのは、いつも通りだった。しかし、今回はかなり深く、刃物でえぐられていたようだ。皮膚が削り取られていると言った方が正確なレベルらしい。しかも、それは遺体の移動後に行われた行為らしいんだ。つまり、もう死んで動かない雪室の掌の皮膚をえぐったんだ。残酷だよ」

同期は涙にむせぶ。不破は、彼の嗚咽《おえつ》が治まるのをじっと待った。

「すまん。とはいえ、通り魔説を強く補強する証拠がある。凶器の刃物なんだが、これまでの通り魔の犯行に使われたものと同一のものだったんだ。他の状況には不自然なところがあるが、県警の総意としては、通り魔の犯行だということになっている。なあ、お前はどう思う」

涙を堪《こら》え、問い掛けてくる。しかし、不破は考えを述べる立場にはない。

「俺はもう、警察官じゃない。この件に関して言えることは何もないよ」

沈黙が下りる。情報を流してしまったことを恥じているのかと想像していると、同期は軽く息を吐いた。

「そっか。そうだよな。お前なら良い考えを出してくれるかと思ったんだが、もう警察官じゃないもんな」

その言葉を聞いて、同期が期待していたことが分かった。若くして県警の刑事に上り詰めた不破ならではの鋭い発想を待っていたのだ。通り魔を一向に捕まえられない捜査本部を出し抜く考えを披露してくれるかもしれないと思って。もしかしたら、情報を流したのも意図的なものかもしれなかった。

「時間を取らせてすまなかった。またな」

返事をする前に、電話が切れた。スマホの画面を見ながら、不破はこれから自分がどうするべきか思いを巡らせた。

午後四時半の一番星学院。冬期講習中ということもあって、生徒や講師が多く塾内にいた。授業中のブースもあって、早い時間からにぎやかな雰囲気だった。

そんな中、空いている授業ブースで梨央が囁《ささや》いた。

「龍也、今日のニュース見た？」

「ああ、見たよ。あのお巡りさんが殺されたんだってな」

龍也は淡々と返事をする。桜台を震え上がらせる大ニュースなのに何を冷静に、と梨央は不満に思った。

「お巡りさんが殺されるなんて、何があったのかな。バンボシの前にいたのだって、意味があったのかな」

質問攻めにしてしまうが、龍也は静かな口調でそれに答えた。

「今のところは分からない。だけど、殺される直前にバンボシの前にいたわけだからな。無関係ではないだろう」

この一番星学院と殺人事件が関連している。梨央は背中を這《は》うような寒気を覚えた。

「バンボシに何かあるのかな」

「さあな。今のところは何とも言えない」

はっきりとは断言しない。こんな時に冷静ぶってと憎らしくなるが、ふと見た龍也の脚が震えていたので、彼も同じなんだと少し安心した。

「おー。何だこれ」

ふと、事務室の方から声がした。斎木の声だ。以前ほどの大声ではないが、妙に梨央の耳によく聞こえた。

「斎木、どうしたの」

事務室はコピー機や書類が置いてある部屋で、講師の許可をもらえば、生徒もコピー機を使うために入ることができる。普段はスライド式のドアが閉まっているが、今日は誰かが閉め忘れたのか、開け放しになっていた。何となく気になってそちらに行くと、斎木が見覚えのあるものを持っていた。

「これ何だろう。ストラップかな」

それは、透明な四角形の袋に似顔絵が入っているストラップだった。

「それ、お巡りさんの」

梨央は声を失った。昨日見た、お巡りさんのスマホに付いていたものだ。紐《ひも》の先にはストラップホールがぶら下がっている。スマホのイヤホンジャックに差し込むタイプのようで、今はイヤホンジャックから外れて挿入部分が見えている。

「それ、どこで見つけたの」

恐る恐る尋ねる。最近、梨央たちと親しく言葉を交わすようになった斎木は、素直に答えを口にした。

「コピー機の下に落ちてた。消しゴムを落としたら事務室のコピー機の下まで転がってしまって、拾おうとしたら、これを見つけたんだ」

コピー機の側《そば》にお巡りさんのスマホは見当たらない。ストラップだけが落ちていたのだ。どうしてこんな場所に。混乱したが、追い打ちをかけるように龍也が小声で言った。

「おい、これ血の染みじゃないか」

ひっ、と声を上げそうになって慌てて堪えた。龍也の言う通り、ストラップの透明の袋に、少しだけ赤黒い染みが付いていた。

これは間違いなく殺人の証拠品だ。犯行後、犯人が塾内に持ち込んだのだろうか。そんな考えを浮かべながらも、とにかく誰《だれ》か大人に相談する必要があった。中学生だけで考えるには、あまりに事件が重大すぎる。

「ちょっとついて来て」

発見した時の状況を説明させるために、斎木もついて来させる。その時、彼はストラップを事務室から出てすぐのところにある机の上に置いた。わざわざ持ち続ける必要もないと判断したのだろう。梨央も、そんな不吉なものを持って行きたくもなかったので、そのままにした。

梨央、龍也、斎木の三人は、塾内をさまよい歩いた。頼りにできそうな大人は、こういう時に限って忙しそうだ。室長は電話をしているし、正社員の冴島と仲田は授業中だ。塾内を行ったり来たり、優柔不断な動きをしているうち、五分は経《た》ってしまった。斎木が早くしてよと文句を言うのをなだめつつうろうろしていると、ようやく見つけた。不破がブースで授業準備をしていたのだ。

「先生、ちょっと来て」

不破の袖《そで》を引き、強引に事務室の前に連れて来た。相変わらず無表情の不破だったが、あのストラップを見れば慌てるはずだ。そう思ってストラップを置いた机まで戻ってきたのだが、

「あれ、ない」

　机の上からストラップは消えてしまっていた。

「そんな。確かにここに。ね、そうだよね。駅前交番のお巡りさんが持っていた、似顔絵の入ったストラップがここにあったよね」

　強く問い掛ける梨央に、斎木は頷《うなず》く。しかし、ものがないのでは説得力不足だ。

「本当にあったのですか」

「あったよ、先生。血の染みがあって、紐が付いてて、ストラップホールが外れていて、挿入部分が出ていた」

　熱心に説明するが、不破の反応は薄かった。

「ですが、現物がないのでは、どうしようもないですね。気になるのなら、また探しておいてください」

　不破は背を向けて、さっさと去って行ってしまった。いつもより冷たい対応だと感じた。

「どうしてなくなるのよ。もうっ」

　梨央はいら立ち紛れに龍也を睨《にら》みつけた。龍也は、俺のせいじゃないとぶんぶん手を振った。斎木も危険な空気を感じ取ったのか、そそくさとその場から消えていく。

　——まずいことになった。

　梨央たちから塾内にストラップがあったことを聞き、不破は危機感を新たにした。

ストラップが消えたことを冷淡にあしらったのは、彼女たちのためだ。この一件は、殺人事件に関《かか》わる非常に危険な出来事だ。子供たちが首を突っ込めば、怪我《けが》だけでは済まない事態すら起こりかねない。だから不破は冷たく当たり、これ以上事件に関わらないよう導こうとした。

ストラップホールのことまで正確に証言できていたことから、ストラップは本当にあったのだろう。そうなれば、血が付いていたというのも事実のはず。殺人事件の証拠と考えて間違いなかった。

それにしても、塾内にそんなものがあるとはどういうことか。

――犯人が、塾内に持ち込んだのか。

その考えが自然だった。犯行後にストラップを奪い、塾内に持ち込んだところで落として見失ってしまった。コピー機の下は見つけづらい場所なので、犯人は探しきれなかったのだろう。そう考えると、ある重大な事実が浮かび上がってくる。

――犯人は、この一番星学院にいる人物なのか。

コピー機の下にストラップを落とすということは、当然塾の中に入ったということ。無関係な人が塾内に入るのはあまりに目立つので、その可能性は除外していいだろう。するると、犯人は塾の関係者ということになる。講師、生徒、正社員、保護者、出入りの業者。この中でも重視すべきは、やはり講師と生徒、正社員だ。先ほどストラップが消えたのも、講師か生徒、正社員の誰かが盗み取ったのだ。塾には大抵、講師と生徒、正社員しかいないのだから。

そうなると、気になってくる生徒がいた。高校二年生の藤倉つぐみだ。彼女は通り魔の最初の被害者で、被害後しばらくは頑張って通塾していたものの、五月中頃からは一番星学院を休んでいた。だが、一ヶ月前の十二月から塾通いを再開させていた。全《すべ》ての発端となった彼女の被害。そこを調べれば突破口が開けるかもしれなかった。

藤倉つぐみは、不破の担当生徒だった。尤《もっと》も、つぐみは五月の中頃から塾に来なくなったので、その後、ほとんど授業をしていない。最近になって、復帰してきた彼女の授業を数回しただけだ。授業をした限りでは、藤倉つぐみは少し口数が少ないが、どこにでもいるような普通の高校生だった。授業回数を重ねればもっと見えてくるものがあるかもしれないが、現状では持ち札は少なかった。

——探りを入れてみようか。

そう考えて自習室を窓から覗《のぞ》くと、つぐみは自習をしていた。彼女の周囲に目を走らせると、彼の視線はある一点に捉《とら》えられた。

机の上に置かれた、つぐみのスマホ。そこにはストラップが付いていた。充電口から伸びたリング——スマホカバーの中にホルダーを入れて固定しているようだ——に通した紐で、ぶら下げられている。雪室のストラップにそっくりだった。

透明な四角い袋に、紙の切れ端に書かれた似顔絵が入っている。それはつぐみの似顔絵のようだった。非常によく似せて描かれており、完成された絵だった。絵のタッチは雪室の似顔絵ストラップとそっくりで、ここまで似通った手作りの品が、偶然二つ存在するはずがない。つぐみは雪室と何らかの関係がある。それは間違いのないことのようだった。

つぐみにどう雪室の話を切り出すか。不破はそればかり考えていたが、そんな矢先にあるトラブルが発生した。

「大変です。模試の枚数が足りません」

正社員講師の冴島が、焦った表情で室長に訴えていた。冷静な彼女にしては珍しいことだ。

彼女は、数日後に塾内で行われる中三向けの模試が入った段ボール箱を抱えていた。事務室に置いてあったものだ。室長が慌てた様子で駆け寄り、枚数を数える。

「本当だ。十部も足りない。どうなっているんだ」

これは困ったことだった。当日に問題がなくて解けないという生徒が出てしまう。実施日時などを保護者に伝え、申し込みを済ませた今の段階では大きな問題だ。しかも紛失したのが中三向けというのもまずい。受験を前に申込者は多いはずだし、この大事な時期に模試が受けられないとなれば、保護者の怒りも抑えきれないだろう。

「段ボール箱の蓋《ふた》を開けっぱなしにしていたのが良くなかったんでしょうか」

冴島が落ち着きなく言うが、室長は原因究明よりも事態の解決を優先した。

「とにかく、私は模試会社に電話してみる。今から足りない分を再度郵送してくれるよう頼んでみるよ。冴島先生はもう一回数えて、正確な枚数を確認して」

室長は傍観していた不破の前を駆け抜け、固定電話を摑《つか》んだ。さすがに、いつもののほほんモードではいられないようだ。

「あれ、どうしたんですか」

もう一人の正社員講師。仲田があくび交じりに言った。室長以上にのほほんとしているこの男に、大慌ての二人はさすがに睨みを利かせる。

「あれ、俺何かしましたか」

仲田はのんびりと首の後ろを掻いた。

「あのー。もしかして前、体調不良で急に早退したこと、まだ怒ってますか」

見当違いな彼のことは無視して、室長と冴島は作業に没頭した。

「不破先生、何かあったんですか」

困った口調で仲田が声を掛けてくる。不破は現在把握している情報を彼に伝えた。

「あちゃあ。そうなんですか。再発注するならギリギリのタイミングですね」

いちアルバイトに過ぎない不破には、再発注のタイミングは分からない。ただ、室長や仲田の反応を見るに、かなり厳しい状況のようだ。

「それにしても、一体誰がこんなことをしたんでしょうか。講師？　生徒？」

仲田は首を傾《かし》げる。一方、不破には考えがあった。

「生徒の誰かが、カンニング目的で盗んだのかもしれませんね」

仲田は目を見張り、しかし納得したような表情を浮かべた。

「そうですよね。模試でカンニングをしようとする子はいます。学校の成績に入らない、純粋な実力を試すだけの試験であっても、親に怒られるからと不正をしてでも良い点を取りにいくんですよね」

これまでの模試で、不破は何度か試験監督を務めたが、怪しい動きを見かけたことは一度や二度ではない。

「だけど、問題を盗むっていうのは前例がないですね」

仲田は、ふと冷静になって言った。

「こんなことしても意味ないのにな」

独り言のように仲田はつぶやいた。実力を判定するだけの試験でカンニングなど、確かに何の意味もない。ただ、中学生ぐらいの子供というのは、時に突拍子のない行動を起こすものだ。

しかし、気になるのは消えた部数が十部もあるということだ。カンニングをするなら、自分の分の一部だけでいいはずだ。それとも、十人が集団でカンニングを行うのだろうか。それはあまり現実的でないように感じられた。

あるいは、人数をごまかすために十部も盗んだのかもしれない。例えば、三人がカンニングを計画していて三部盗んだなら、部数からカンニング実行者の人数が明らかになってしまう。それを防ぐために、多めに盗んだのかもしれなかった。

現時点では、それ以上に相応《ふさわ》しい考えは浮かばなかった。仲田は早くも興味を失った様子だったので、不破はその考えを話しはしない。そうこうしているうちに、室長の電話が終わった。

「冴島先生、模試会社は急いで郵送してくれるみたいだけど、間に合うかどうかはまだ分からないって」

室長の言葉は不安に彩られていた。冴島も心配そうな顔をしている。

呑気《のんき》そうなのは仲田だけだった。


梨央は、ストラップが消えたことに納得できなかった。

ストラップは確かにあった。斎木がコピー機の下から見つけて、梨央がその目で血の付いているところまで確認した。それなのに、机に置いていた一瞬のうちに消えた。これが勘違いだったと思えるはずがない。誰かが持ち去ったのだ。塾内にいる誰かが。

「ということは、お巡りさんを殺した犯人は、バンボシの中にいるっていうことになるよね」

萌絵が深刻な口調で言った。斎木の一件以来仲良くなった彼女と龍也とで、学校帰りに連れ立って歩きながら、ずっと考え込んでいたのだ。萌絵はその場にいなかったので、これが初耳だった。

「その一瞬で、部外者にストラップを持ち去れたとは思えない。バンボシにいた誰かが、急いで持ち去らないといけなかったんだよ」

その考えには頷かされる。信じたくはないが、一番星学院の中に恐ろしい殺人犯がいるということだ。

「なあ梨央、もう一回訊くぞ。本当に通り魔を探すんだな」

龍也が渋い表情で問い掛けた。以前もそうだったが、彼は通り魔を追うことは危険だと考えている。

「もちろん探すよ。ストラップを奪われて、私、怒ってるんだよ。危険なのは分かるけど、このままじゃ気持ちが治まらない」

気が立っている梨央を見て、龍也は肩をすくめた。

「分かった。どうせ反対しても一人で通り魔を探すんだろ。大人たちも信じてくれないだろうし、それなら俺たちが一緒にいた方がまだ安全だ」

根負けした様子で、龍也は先を歩く。萌絵も同じ気持ちだったようで、溜息《ためいき》をつきながら彼を追った。通り魔を探すために、三人はある場所を目指しているのだ。

「着いたぞ」

先頭の龍也が足を止める。目的の場所は目の前にあった。

駅のすぐ側の交差点に建っている、駅前交番。それが梨央たちの目指す場所だった。被害者のお巡りさんが働いていた場所で話を聞く。情報が少ない中、今取ることができる行動はそのぐらいしか思い付かなかった。

「でも、いざ交番のお巡りさんに話を聞くとなると、緊張するね」

梨央は腰が引け始めていた。怒られるかもと想像すると、一歩が踏み出せない。

「おい、梨央が言い出したことだろ」

龍也は腰に手を当てて呆《あき》れ顔だ。とはいえ、どうしてもためらってしまう。

「やっぱり、龍也が行ってよ」

「俺が？　どうしてだよ」

二人でわいわい言い合っていると、萌絵が静かに歩み出た。

「あ、ちょっと」

梨央が声を発する間に、彼女は堂々と交番に入って行った。

「すみません。この交番に雪室さんというお巡りさんはいませんか」

萌絵は、お巡りさんの死を知らないふりをしている。この方が情報を引き出しやすいと計算したのだろう。

あまり交番を覗き込むわけにもいかないので、梨央と龍也は交番の外で話に耳を傾けた。

萌絵は雪室に以前世話になったと言って、情報を引き出そうとするが、対応に出た男性のお巡りさんは口が堅い。雪室は亡くなったという一点しか教えてくれなかった。

「色々教えてあげたいのは山々だけどね。捜査中だから、私も言えないんだよ」

そう言われてしまえば、それ以上粘るのは難しい。萌絵は結局引き下がって、三人は交番が見えるコンビニ前で作戦会議に入った。

「どうする、今度は私が行こうか」

「ううん、それでも一緒だと思う。捜査中の事件の情報はやっぱり漏らさないよ」

萌絵の冷静な判断に、その通りだと梨央は首を折った。

「おい、あれ」

ふと、龍也が交番の方を指差した。振り向くと、制服を着た高校生ぐらいのお姉さんが、交番の周りをうろうろしていた。

「あの人、何だか変じゃないか」

梨央も同意見だった。そのお姉さんは、交番の方を何度も見ながら行ったり来たりしている。

「道でも訊きたいのかな」

そう言ったものの、梨央にはそのお姉さんの顔に見覚えがあった。

「多分、あの人は藤倉つぐみさんだ」

「あ、通り魔の第一の被害者」

思い出した。彼女は、一番星学院に通う高校二年生の藤倉つぐみだ。

「何で、交番になんか……」

「理由は分からないけど、もしかしたら何か知っているのかも」

龍也は動き出した。ちょうど、つぐみは交番で話を聞くのをあきらめたようで、梨央たちとは反対方向に歩き出したところだった。

「後を尾《つ》けよう」

　龍也はそう囁き、つぐみの後を追った。

　梨央たちが尾行すると、つぐみはしばらく歩いてから、住宅街の中にある公園のベンチに腰を下ろした。公園では、小さな子供たちが声を上げて追いかけっこをしている。長い黒髪を伸ばしたつぐみは、その髪に触れながら、持っていたカバンに手を伸ばした。そこから出てきたのは、一冊の大きなスケッチブックだった。

「何するんだろう」

「しっ、静かに。気付かれるぞ」

　公園の外から覗き込む梨央たちは、声を小さくして見守っていた。すると、彼女は鉛筆らしきものを取り出して、スケッチブックの上で動かし始めた。

「うーん。絵を描《か》いてるのかな」

　視力2・0の梨央は目を細めるが、さすがにこの距離からでは見えない。

「仕方ない。サッカーでもしよう」

「え、サッカー?」

　龍也の思わぬ発言が飛び出した。彼は誰かが置いて帰ったらしいサッカーボールを拾うと、真っ先にドリブルを始めた。

「おい、早く来いよ」

龍也はボールを蹴《け》りながら公園内に入る。萌絵もなるほどという表情で後を追った。梨央はよく分からなかったが、とりあえず勢いで二人に続く。

「梨央、パスパス」

萌絵の求めに応じて、梨央は鋭いパスを出す。萌絵はそれを走りながら正確に受け止め、ゴールに見立てたフェンスに強烈なシュートを放った。

「ゴール。梨央、ナイスパス」

梨央と萌絵はハイタッチを交わす。その横で、息切れした龍也が膝《ひざ》を突いていた。

「ちょっとは手加減しろ。俺はスポーツは苦手なんだ」

自然と男子対女子の対決になったわけだが、梨央と萌絵はクラスでも上位の運動神経の持ち主だ。運動音痴の龍也に負けるはずがなかった。

「へへん。勉強ができるからって、普段から偉そうにしているお返しだよ」

梨央は得意になって龍也を見下ろした。彼はくそお、とさも悔しそうに唸《うな》る。

最近は受験勉強ばかりで運動をしていなかったが、たまにはいいものだ。もう引退したバスケ部で、懸命にボールを追っていた頃が思い出される。

「まあ、ここまですればもういいだろう」

不意に、龍也が小声で言った。そこで梨央は、つぐみの存在を忘れていたことに気付いた。我ながら単純だと思うと同時に、龍也がどうやって彼女のことを探るのかと興味が湧《わ》いた。

突いていた膝を上げ、龍也はベンチで鉛筆を動かすつぐみに近付いていった。

「おお。お姉さん、凄《すご》いですねえ」

演技だろうが、らしくない明るい声を出す。その似合わない感じに吹き出しそうになりながらも、梨央はチャンスだと思いつぐみに接近した。そして、

「うわ、凄い」

と心からの声を漏らした。後を追ってきた萌絵も目を丸くする。

彼女が広げたスケッチブックの上には、公園で遊ぶ子供たちがいた。本当にそこにいるかのように活《い》き活きと描かれていて、鉛筆だけによるスケッチとはとても思えなかった。

「とんでもなく上手《うま》いですね」

龍也は興奮した声で褒めた。先ほどの明るい声も、半分は心の底から出たものなのだろう。

「そんな……。私なんて大したことないよ」

つぐみは照れ臭そうに顔を俯《うつむ》け、両手で絵を隠そうとした。

「わっ、これ私たちだ。すごーい、そっくり」

手で隠される前に、梨央はサッカーボールを追う自分たちのスケッチを見つけた。息を切らせて肩をぶつけ合う姿が正確に描かれていて、目的も忘れて見とれてしまう。

「お姉さん、凜華《りんか》女学園の生徒さんですか」

そんな中で、目的を忘れなかったのは萌絵だった。つぐみの制服を見て、有名な中高一貫の私立校の名前を口にする。

「あ……そうだよ。私は凜華の高等部二年生」

つぐみの口調がトーンダウンした。学校についてはあまり触れてほしくないのだろうか。梨央が凜華女学園の生徒なら、進んで皆に自慢するのに。

「私、高等部からでも凜華に入ろうかと思っているんですけど、試験とかはどんな感じなんでしょうか」

萌絵は話を振る。凜華女学園に入りたいなどとは聞いたことがなかったので、きっと接近するための嘘《うそ》だろう。

「やっぱり高等部からだと、狭き門ではあるよ」

つぐみは少し面倒そうだったが、萌絵が強く尋ねるので答えを返した。

「そうなんですか。倍率はやっぱり高いんですかね」

「ちょっと待って。調べるね」

萌絵がうまく誘導し、つぐみは会話に乗ってきた。梨央たちは一番星学院でつぐみを見て知っているが、彼女の方は気付いていないようだ。中学生の生徒は多いので、出会っていても覚えていないのだろう。ツイてると内心でガッツポーズをしていると、龍也があっ、と声を震わせた。

「どうしたの、龍……」

そこまで言って、梨央は言葉を詰まらせた。

つぐみが調べものをするために取り出したスマホには、透明の袋に入った彼女自身の似顔絵が、ストラップとして付いていたからだ。

死んだお巡りさん――雪室が持っていたものと絵のタッチがよく似ている。しかし、同じではない。

だが、そっくりなものを彼女が持っていた。そのことの重大さがじわじわと頭に染み込んでくる。

「素敵なストラップですね。手作りですか」

ここでも萌絵は落ち着いていた。さりげなさを装って質問する。

「ああ、これ。私の手作りだよ。大切な人とお揃《そろ》いで作ったんだ」

つぐみは寂しそうにつぶやいた。彼女の指は自然とストラップに触れて、愛《いと》おしそうにその表面をなぞった。

「私のことを分かってくれる、たった一人の人だった」

震える声で言う。過去形になっているあたり、亡くなった雪室のことを指しているのだろう。

つぐみと雪室には関係があった。重要な情報が手に入ったようだ。

だがその時、会話に割り込むようにスマホの着信音が鳴った。つぐみが取り出していたスマホからの音だった。彼女はなぜか怯《おび》えた様子で電話に出る。

「もしもし」

電話に出るとすぐ、スマホから大きな怒鳴り声が聞こえてきた。

「つぐみ、あなた今どこにいるの」

母親らしき人の声だった。キンキンと耳に響く、嫌な感じの声だ。

「もうすぐ受験生なんだから、サボっていないで早く帰って来なさい。学校をもう出たのは、担任の先生に電話して確認したのよ。四時半の電車には乗れたはずよね。だったら桜台駅には五時に着いたでしょう。もう家に着いていないといけない時間よ」

細かい時間を言って、帰宅させようとする。梨央は、管理が厳しすぎると思った。ちょっと普通じゃないな、とも。

「前の模試だって、英語の偏差値が六十二だったでしょう。志望校には全然足りていないんだから。せめて七十まで伸ばしなさい。寝る間を惜しんでやれば、できないことはないでしょう。ああ、国語も六十三だったわね。また問題集を買っておかないとね。全く、あなたのためにいくら掛けたと思っているの。元は取らせてもらわないと」

言い方も酷《ひど》い。何となく、教育虐待という言葉が頭に浮かんだ。

「罰として、今夜は前からやっている問題集を解き切るまで夕食抜きよ。本当に解き切るまでは食べさせないからね。そうだ、今から十分以内に帰って来られなかったら、ノルマの問題集を一冊追加しましょう」

つぐみが青ざめていくのがはっきりと分かった。これはいくら何でもやりすぎじゃないか。声に出そうとしたところで、彼女は電話を切って大きく息を吐いた。

「私、絶対に国立大学に行かなくちゃならないんだ」

誰にともなくつぶやかれた言葉。それは少し涙声になっていた。

「そんな。だけど、それだけ絵が上手いなら」

おずおずと言うが、つぐみは首を振った。

「絵の方面に進むのは、お母さんが許してくれないんだ」

その一言は梨央にとってショックだった。彼女の親は何だかんだ言って、進路は好きなようにさせてくれる。そうでない世界があるとは信じられなかった。

「美大とか、行きたくないんですか」

思わず問い掛けずにはいられなかった。つぐみは苦しそうな表情を浮かべて、唇を強く噛《か》んだ。

「ごめんね。私、帰らないと」

カバンを摑んで、スケッチブックを脇《わき》に抱えると、つぐみは足早に公園を出て行った。最後に彼女は弱々しく手を振ったが、その右の掌には縦一文字の傷跡があった。通り魔の被害を受けた時の傷だろう。跡が残ってしまったのだ。

「それにしても、藤倉さんのお母さん、ちょっと厳しすぎるよね」

梨央は思わずつぶやいていた。先ほど浮かんだ、教育虐待という言葉が再びよぎる。そして、その虐待を受けているかもしれない萌絵の姿を、つい見つめてしまった。

萌絵は黙り込み、つぐみが消えていった公園の出口の方をじっと見つめていた。

「俺の考えを聞いてくれ」

龍也が決心したようにそう言った。公園からの帰り道、この気分のまま一番星学院へ自習をしに行く気にもなれず、コンビニのイートインで三人してスイーツを突《つつ》いていた時のことだった。

「考えって、何の？」

口元に付いたショートケーキのクリームを拭《ぬぐ》いながら、梨央は訊いた。龍也は空になった杏仁豆腐《あんにんどうふ》の容器にスプーンを置き、真剣な調子で話し出した。

「通り魔の正体についてだ」

まさかの一言だった。現時点で通り魔の正体が明らかになったというのか。

「それで、一体誰なの」

梨央が、残しておいたショートケーキのいちごの存在すら忘れて訊くと、龍也はシンプルに答えた。

「藤倉つぐみさんだ」

えっ、とは思わず声が出ていた。

「どうして藤倉さんが通り魔ってことになるの。第一、あの人は最初の通り魔被害者だよ」

「最初の通り魔被害は、自作自演だったと俺は思っている」

これまた予想していなかった答えだ。

「公園での電話を聞く限り、藤倉さんは教育虐待を受けている。その虐待に苦しんだ藤倉さんは、自傷行為をしようとしたんだ。誰にも見られないように、夜、外に出て刃物で掌を切った。ところが、思っていた以上の騒ぎになってしまった。大人に傷の理由を訊かれて、とっさに通り魔にやられたと言ってしまったんだろう」

話としては上手くまとまっている気はした。だが、どうも納得できない。

「だけど、それって想像だよね。根拠がないんじゃない」

「いや、根拠ならある。なぜ通り魔が、被害者の掌を傷付けるかという、理由の面での根拠がな」

龍也は杏仁豆腐のスプーンを取ると、それをナイフに見立てて、広げた右の掌の前で縦に引いた。

「こうして掌を傷付けると、何ができなくなる」

「そりゃ、スポーツでしょ。バスケとかバレーみたいな、ボールに直接掌で触れるものとか、ラケットを持つテニスとか卓球とか」

以前に龍也が、通り魔に襲われたらバスケができなくなると脅してきたことを思い出す。

「そうだな、スポーツができなくなる。でも、他のこともできなくなるだろ。例えば、学生の本分と言われることとかも」

「あ、勉強か。そうだね、掌に傷を負えば、痛くてペンを持てないもんね」

とはいえ勉強しなくて良くなるのならラッキーでは。そう考えた時、梨央は珍しく閃《ひらめ》きを感じた。

「そっか。藤倉さんは、勉強をしたくなかったんだ。お母さんに毎日厳しく命令されて嫌になって、そこから逃げようとして自分で掌を傷付けたんだ」

「その通り。そう考えると、掌なんかに傷を負わせた理由がはっきりするだろ」

梨央はなるほどと息を吐いた。

「だけど、そこからどうして連続通り魔事件になっちゃうの。藤倉さんは勉強したくなくて自傷しただけだよね」

「その質問が出るのは当然だな。じゃあ、その先を説明しよう。自傷を通り魔の仕業だと言ってしまった後、藤倉さんは不安になったはずだ。いつこの嘘がバレるのかと。通り魔の正体は藤倉さんで、警察はそのことに気付いていない。だとしたら通り魔は捕まらないはずで、それなのに犯行が一回で終わってしまうのは不自然だと考えたんだろう。別に一回で終わる通り魔もいるだろうけど、藤倉さんの中では通り魔は連続するものだった。彼女は嘘を隠そうと、その後本物の通り魔になったんだ。通り魔が犯行を続けているのなら、最初の犯行も通り魔がやっていて、被害者の自傷では決してないと思い込ませるために」

龍也は自信を込めて言った。梨央は話の筋の通り具合に感心し、これこそが真相だと強く感じた。

「藤倉さんは嘘を隠さなければと考え、犯行を続けた。ところが、親しかったお巡りさんに正体を見破られてしまった。このままでは嘘がバレる。追い詰められた藤倉さんは、ついにお巡りさんを殺してしまったんだ」

殺人事件についても話が繋《つな》がっている。梨央はこのことを早く警察に教えなければと思ったが、それを口に出すより先に、もう一人のバンボシ探偵団が言った。

「でも、それだと説明が付かないことがあるよ」

萌絵だった。ロールケーキを綺麗《きれい》に平らげ、そっとフォークを置いた彼女は問題点を口にする。

「血の付いたストラップが、バンボシの中に落ちていたのはどうしてかな。普通そんなもの、真っ先に処分すると思うけど。わざわざバンボシまで持って来て、うっかり落として、危険を覚悟で奪い返す。何だかちぐはぐに思えるよ」

「それは……。親しいお巡りさんとのおそろいの品だったから、捨てるに捨てられなかったんじゃないかな」

「そこまでお巡りさんを大事に思うなら、そもそも殺さないんじゃない？」

「自分の嘘を隠すことに縛られて、泣く泣く殺したのかもしれない。お巡りさんは立場上、通り魔である藤倉さんを見過ごすわけにはいかなかっただろうし」

梨央は両方の意見とも正しい気がした。どちらを選べばいいのか混乱してしまう。

「このままじゃ、議論が続くだけで解決はしないかもね」

やがて、萌絵がそう言い出した。龍也も同意見だったのか、困ったように頭を掻いていた。

「通り魔事件は大変な事件だし、ここはやっぱり大人に相談するべきじゃないかな。私たちは重要な情報を独占しているわけだし」

萌絵の言う通りだった。ことは人の命に関わる重大事件なのだ。子供が情報を独り占めして、次の犠牲者が出てしまえば責任の取りようがない。

「だけど、誰に相談する？　信頼できる相手にしないとな」

龍也の言うこともまたその通りだった。間違った相手に情報を渡しても、子供が何をしていると怒られるだけだ。最悪の場合、相談した相手が通り魔で、命を狙《ねら》われることもある。

「不破先生はどうかな」

そんな中、萌絵が予想外の名前を言った。

「不破先生？　どうしてそうなるの」

「一番ぴったりじゃない？」

萌絵は梨央の反応こそ意外だと言いたそうに眉《まゆ》を寄せた。

「信頼が置けるし、バンボシのことも分かっているし、藤倉さんのことだってよく見ている。これ以上ない立場の人だと思うよ」

そうかもしれないけど、と思いつつも、反射的に不安になった。不破が通り魔なんじゃないかと疑った頃の記憶が抜けないのだ。

「萌絵は、不破先生のことを信頼しているの？」

我慢できずに訊くと、萌絵は即答した。

「もちろん。バンボシで一番信頼しているよ」

思わぬ反応だった。不破は最初の頃より丸くなったし、梨央も成績を伸ばしてもらって感謝はしている。だが、通り魔のことについて相談するほど信頼しているかと言われると、返事に困ってしまう。

「不破先生に相談しよう。それがいいよ」

萌絵は強く言い続けた。龍也がそれほど反対しなかったこともあって、押し切られる形で不破に相談することが決まった。


不破はベンチで、目の前の三人を驚きと共に見つめていた。

梨央、龍也、萌絵。中学三年生であるこの三人が、通り魔事件についてここまで捜査をしていたとは。危険な真似《まね》をしてと怒るべきだが、与えられた情報には価値があった。

「藤倉さんが教育虐待から逃げたくて、自傷をしたのが始まりということですか」

自販機前のベンチまで誘導され、そこに座らされるなり考えを聞かされた。思いの外、的を射た推理だった。

「しかし、後半部分は問題がありますね。最初の自傷をごまかすために犯行を重ねたというのは、無理がある気がします。あまりにリスクが大きすぎます」

意見を述べた龍也は残念そうだが、それでも自傷だったという前半部分を否定されなかったことには自信を持っているようだ。

さらに話を聞いて、考えを深めることはできた。だが、これ以上この子たちが事件に首を突っ込むのを見過ごすわけにはいかない。不破は厳しい声を発した。

「ですが、事件のことを考えるのは捜査機関の仕事です。君たちがやるべきことではありません。今、君たちが考えるべきは、ワークの問題や進路のことではありませんか」

ずるいほどの正論だ。梨央たちは黙り込み、手をもじもじさせた。

「二度と事件の捜査なんてしないように。次にそんなことをしたら、親御さんに報告しますよ」

子供が一番嫌がる、親への報告。その脅迫をすることを心苦しく思いながらも、不破は梨央たちの安全を第一に考えた。

「はい。分かりました」

梨央たちは肩を落として去って行った。不破は、これで良かったんだと強いて自分を慰めた。

梨央たちの姿が一番星学院の中に消えてから、引き続き考えた。藤倉つぐみが事件に関与しているのは間違いない。ただ、どこまで関与しているのかは不明だ。警察に調べてもらいたいが、物証は何もない。物証なしでは警察が動けないことを、元刑事の不破は痛いほど知っている。

――自分で捜査をするか。

そう考えるに至った。とはいえ、先ほど梨央たちに言った言葉がそのままブーメランのように返ってくる。事件のことを考えるのは捜査機関の仕事。警察を辞めた自分がやるべきことではない。

しばらく悩んだ。警察は藤倉つぐみの関与に気付いているだろうか。気付いていないのなら告げるべきかもしれない。しかし、今や一般人の自分の言うことを誰が受け入れるのか。堂々巡りの思考には終わりが見えなかった。

だがその時、不意に鋭い視線を感じた。不破のことを悪意を以《もっ》て観察するような、不快な視線だ。刑事として鍛えていた感覚が、その視線を感じ取った。彼は視線の出どころを探した。

すると、一番星学院の窓のところで影が動いた。あの影が視線を送っていたのか。体の芯《しん》がかっと熱くなるのを感じた。刑事時代、犯人を特定した時の興奮に似ていた。

正体不明の影は、すぐに消えた。今から窓のところに行っても誰もいないだろう。不破はベンチに腰を下ろした。

しかし、一番星学院の中に悪意を持った誰かがいるのは、ほぼ間違いなかった。そうなると、いつ生徒たちが被害に遭《あ》ってもおかしくない。生徒が泣くのは見たくなかった。警察が動けないのなら、生徒たちを守れるのは自分だけだ。

――俺が、事件の真相を暴く。

不破はそう決心し、ベンチから腰を上げると一番星学院の方に向かった。

「おお、やっと届いた」

数日後。不破が出勤すると、室長が配送業者の男性から小さな段ボール箱を受け取っていた。室長は、新調したハンコで受取印を押す。ないないと探していたハンコは結局見つからなかったらしい。

「良かった。一時はどうなることかと思ったよ」

配送業者を見送ると、室長は段ボール箱を抱えて授業ブースへ駆けて行った。何事かと不破が覗き込むと、室長は授業ブースにいた冴島と一緒に、段ボール箱の中の冊子を検《あらた》めていた。

「十部きちんとありますね。これで大丈夫です」

冴島の返事で、おおよそのことは分かった。紛失していた十部の模試が、ようやく届いたのだ。試験日の二日前のことだった。

「本当に良かったよ。問題が足りないなんて洒落《しゃれ》にならないからね」

室長は胸をなで下ろしていた。冴島もほっとした表情に見える。

そんな二人と挨拶《あいさつ》を交わし、不破は授業ブースに荷物を置いた。模試の紛失は気になるが、それより大事なのが通り魔事件だ。塾内にいる犯人を炙《あぶ》り出すためにはどうするべきか。ここ数日考え続けてきた中で、一つの結論が出来上がっていた。

——藤倉つぐみに話を聞く。

それ以外の方法は思い付かなかった。彼女を追及することにはなるが、それをためらっているうちに犠牲者が出てはいけない。不破は自らを奮い立たせた。


不破が自習室に入ると、勉強している生徒は藤倉つぐみだけだった。彼女は真剣な表情でテキストに向き合っている。最近母親に指示されたとのことで、早い時間から自習漬けだ。学校帰りに一番星学院まで直接来て、遅い時間に帰宅している。熱心と言えば聞こえはいいが、部活に行っていないようだし、梨央たちが聞いた電話の内容を思い返すに、教育虐待という言葉が脳裏をよぎった。

「藤倉さん、頑張っていますね」

不破が声を掛けると、つぐみは顔を上げて少し笑った。ただ、ぎこちない笑い方だ。十二月から彼女との授業は再開しているが、満面の笑みはまだ見たことがない。

「どうですか、勉強の調子は」

さり気なく、彼女の隣の席に座る。

「まあまあです」

つぐみは返事をするものの、すぐに黙り込んだ。一定の心理的距離が感じられる。

とはいえ、返事をするだけまだ良い。授業を始めた当初は、話し掛けても頷くだけで、返事すらしてくれないことが多かった。少しは信頼してくれるようになったのかと、僅《わず》かな期待を抱く。

「藤倉さん、いつも勉強を頑張っていますね。ですが、しんどくなることはありませんか」

努めて優しい口調で言うと、戸惑うような間が空いた。だが、彼女は首を振る。

「しんどくなんてありません。私は頑張りたくて頑張っているんですから」

言葉自体は頼もしいが、その実、彼女の顔は微《かす》かに紅潮していた。嘘をついている時、体に自然と現れるサインだ。

「そうですか。それなら大丈夫ですね」

敢《あ》えて一旦《いったん》引く。つぐみは虚を衝《つ》かれた様子で、話を続けてほしそうに上目遣いになった。その隙《すき》を逃さず、不破は尋ねる。

「しかし、その頑張りは誰かに強要されたものではありませんか」

つぐみは表情を強張《こわば》らせた。普段は家庭のことには踏み込まなかったが、今回は違う。

「誰かにって、一体誰に強要されたっていうんですか」

勉強を強いられていることを否定はしない。ここはさらに攻めてもいいだろう。

「お母さんに、勉強を強要されていますね」

「お母さんにって、どういう意味ですか」

つぐみは質問の内容を問い返すことしかできなかった。これは嘘をついている人がついしてしまう、おうむ返しの質問法だ。

「言葉のままの意味です。お母さんに、意に沿わない勉強を無理強いされましたね」

「親が、子供に勉強するように言うのは当然のことです。むしろ、私はありがたいと思っています」

殊勝なことを口にするが、表情は硬いままだ。

あともう少し。不破はさらに知っている情報を明らかにした。

「絵の道に進みたいという藤倉さんの希望を封じて、国立大学に行かせることもありがたいと思っているんですか」

えっ、とつぐみの口から声が漏れた。梨央たちから聞いた話だが、彼女からすればなぜ知っているのかと意外に思うことだろう。

「藤倉さんは悪くありません。あなたが正直に話したところで、誰もあなたを罰しはしません。もちろん、お母さんにも内緒にしておきます。この場限りの話にしますから、一緒にあなたが置かれた状況のことを考えてみませんか。きっと良い解決策が見つかると思うんです。藤倉さんは勉強を頑張れて頭も良い生徒さんです。考えれば、何か優れた案が思い浮かぶはずなんです」

いつもの説得のテクニックだ。相手を否定せず、一番嫌がっていることを避け、将来のことを考えさせない。今、この場で話し合うことを求めていく話術だ。

「いかがでしょう。私と、話をしてみませんか」

そう促すと、つぐみは目を伏せた。その瞼《まぶた》から、涙が一筋伝っていく。それをきっかけとして、彼女の涙の堰《せき》は決壊した。

つぐみは嗚咽を漏らし、涙を溢《あふ》れさせた。


「教育虐待って言うんですかね」

ようやく涙が治まったつぐみは、冷静さを取り戻して話し出した。

「うちのお母さん、昔から勉強に厳しかったんです。中学受験の時は深夜四時まで勉強させられて、一問でも間違うと平手打ちが飛んできました。模試の成績が悪い時は、一晩中正座させられて、眠ることさえ許されませんでした。無事に志望校だった凜華女学園に入学できた時は心底ほっとしましたが、今度は学年一位を取れと言われるようになって。達成できないとものが飛んでくるようになりました。私が小さい頃から絵を描くのが好きなのも気に入らないみたいで、絵を描く暇があれば英単語の一つでも覚えなさいと怒鳴って、スケッチブックを引き裂いてきました。だから今は、スケッチブックは庭の物置に隠しているんです」

その結果としての国立大学進学を強制、美大を許さないという強硬姿勢か。

「何度もお母さんを殺して、私も死のうと思いました。でも、包丁を手に取るといつも怖くなって、実行できないんです。私って弱虫ですよね」

「そんなことはありません。そこで踏み止《とど》まることができる藤倉さんは、正しい人間です」

不破はつぐみを勇気付ける。少しだけ、彼女の表情が明るくなった気がした。

だが、これで話を終わりにしてはいけない。人が嘘を認める時、ほとんどが一番罪の軽いものから認めていくものだ。だから、嘘を見破ったからといってすぐに安心してはいけない。二段、三段構えでさらに追及すべきなのだ。

「藤倉さん、通り魔被害についてもお聞きしたいことがあります」

つぐみがはっとして視線を落とした。

「通り魔は必ず被害者の掌を傷付けていきますが、それは最初の事件を踏まえているからではないでしょうか。そして、最初の藤倉さんの事件、掌を傷付けなければならない理由があったのではないですか」

考える時間を与えず、不破は質問をする。これは、考える時間があればあるほど、嘘をつく者は対応策を考えたり場慣れしたりして、上手に嘘をついてしまうからだ。

「掌を傷付ける理由。それは、どんなものですか」

つぐみは迷ったように問い返した。

「ペンが持てなくなるからですね。掌に怪我を負えば、勉強をしなくて良くなるということです」

梨央たちの案を提示した。この考えは正しいと不破は思っている。

「それは、どういう意味でしょう」

「はっきり言うなら、藤倉さんの自傷だったのではないかということです。教育虐待に追い詰められ、勉強から逃げるために自傷をしてしまったのではないかと」

つぐみは、見抜かれたかとばかりに目を伏せた。

「証拠は、ないですよね」

やがて、彼女はそうつぶやいた。強がった鋭い声ではない。消え入りそうなか細い声だった。

「確かに証拠はありません。ですが、日本の警察は優秀です。これだけ連続している通り魔の最初の事件です。徹底的に調べているはずで、もしかしたらもう証拠は見つかっているかもしれません。犯人を泳がせるために、敢えて指摘していないだけという場合も考えられます。さて、そんな上で藤倉さんに訊きます。あなたが自傷をしたという証拠が見つかっている可能性はありませんか」

不破は可能性質問を放った。最後の詰めで使う強力な質問。つぐみはこの寒いのに額に汗を浮かべるなど、嘘のサインを露《あら》わにした。

「わ、私は」

何とか反論しようとしているようだが、肝心の言葉が出てこない。不破は敢えて言葉を発さず、つぐみの言葉を待ち続けた。

沈黙の時間が過ぎていく。壁の掛け時計が規則的な音を立て、その音が耳に大きく響いていた。そんな中、彼女はようやく口を開いた。

「……ここまで見抜かれたら、もう言い逃れはできませんね」

寂しそうに笑って、つぐみは大きく息を吐いた。

「お察しの通りです。私の通り魔被害は狂言です。自分で買った大型のカッターナイフで掌を切りました。掌を怪我すれば、ペンが持てないので勉強せずに済むと思ったんです」

梨央たちの推理通りだった。

「でも、私は掌に深く傷を付けることができませんでした。いざ掌を切ろうというタイミングになって、怖くなってしまったんです。だから傷は浅いものになって、ペンを持とうと思えば持てるほどにしかなりませんでした。お母さんから逃げようとしたけど、私は逃げ切れなかったんです。しかもお母さんは、掌を怪我した私に向かって、逆の手でペンを持てばいいじゃない、と言いました。曲がりなりにも、通り魔に襲われたと被害を訴えている娘に対してです。血を流して帰宅した私に、お母さんが何と言ったか分かりますか。『何とかしなきゃ。このままじゃ——勉強ができない』ですよ。手当てをするより前に、お母さんはそう言ったんです」

血の気が引くような発言だった。

「結局、本当に逆の手にペンを持たされ、私は被害を訴えた夜も勉強をさせられました。さすがに連れて行ってはもらえた病院と、警察での聴取から帰って来てすぐのことです。もう何をしてもお母さんからは逃げ切れない。そう絶望して、翌日に学校帰りの公園で泣いていると、あの人が声を掛けてくれたんです」

つぐみの声に、温かな響きが生じた。

「駅前交番の巡査である、雪室さんです。パトロール中に私が困っているのに気付いて、ベンチでずっと話を聞いてくれたんです」

困っている人を放《ほう》っておけない、彼らしい行動だと不破は懐かしく感じた。

「暴力の証拠がなく、虐待を証明するのが難しかったので警察は動けませんでした。雪室さんは何度も警察の上の人に掛け合ってくれたみたいでしたが、しょうがないです。でも、私は雪室さんが話を聞いてくれるだけで充分でした。公園で落ち合う日を決めて、話を聞いてもらえて。その一日があるから、私は生きていけたんです。お礼にストラップをお揃いで手作りして感謝の気持ちは示しましたが、それだけでは足りないほど、本当にたくさんの話を聞いてもらいました」

事情が見えてきた。つぐみと雪室は清い関係で、恋人同士でもなかったようだ。

「最初の通り魔事件については、狂言だったとよく分かりました。しかし、それ以降の事件についてはどうなんでしょう。藤倉さんは関係しているんですか」

つぐみの表情が、一気に翳《かげ》る。

「私にもよく分からないんです。最初の事件は私の狂言でした。でも、その後のことは何も関わっていないんです」

模倣犯が現れたということらしい。この話を信じていいものか不破は判断しかねたが、つぐみの語り口は真剣だった。

それなら、少し試してみるか。不破はそう思った。

「では、一連の通り魔事件で、全く同じ凶器が使われていることをどう説明しますか。最初の狂言の際にあなたが使ったカッターが、どうして模倣犯の手に渡ったのでしょう」

つぐみはしばらく言いにくそうにしていたが、それでも事情を語り始めた。

「最初の狂言の時、カッターは庭の物置に隠しました。スケッチブックを隠したのと同じ場所です。戸外で掌を切った後、間抜けですが柄に指紋が付いていると気付きました。どこかに捨てても、指紋を完璧《かんぺき》に拭っても、警察に見つかれば科学捜査で嘘がバレるかもしれない。恐ろしくなって、家に帰った時に一旦庭に回って物置にカッターを隠し、それから玄関先で被害を訴えました。その後数日は物置に隠したままにしていましたが、お母さんに見つかったらマズいと思うようになりました。勉強をサボるために自傷行為だなんて。そんな声が頭の中で聞こえて、どこかに捨てなければと考えました。でも、警察の目が怖くて外には捨てられません。どうしようもなくなって、私は一番星学院のゴミ箱にカッターを捨てました。一番底に無理やり押し込んだんです。生徒や講師がたくさんゴミを捨てるそのゴミ箱なら、押し込めば誰も気付かない。そんな微かな望みを持っての行動でした」

だとしたら、誰かがカッターを拾い、模倣犯となることは可能だ。模倣犯がつぐみが捨《す》てている場面を目撃していたとすれば、そのカッターと通り魔事件を結び付けることは容易《たやす》い。話として筋が通っており、それを説明できたのだから彼女の証言は信じても良かった。

「私はただ、お母さんから逃れたかったんです。でも、どんどん大きな事件になっていって、すごく怖かったんです。ついには信頼していた雪室さんまで殺されて。ねえ不破先生、これって罰なんでしょうか。勉強をしたくないというだけの理由で、大きな騒ぎを起こした私への天罰なんですか」

つぐみはまた泣き出しそうだった。

「そんなことはありませんよ。悪いのは模倣犯です。藤倉さんが模倣犯の分まで、苦しい思いをすることはないんです」

慰めの言葉を掛けつつも、不破は困った問題に直面していた。つぐみが狂言で自傷をし、凶器のカッターを塾内で捨てたことを警察に言うべきかどうかという問題だ。

この情報は、通り魔を特定するに当たって非常に重要だった。絶対に警察に伝えるべきなのだ。

しかしその一方で、不破はこの話はこの場限りのものだと言っている。つぐみの母親にも伝えないと約束した。もし警察にこの情報を伝えれば、母親にだって事情は伝わるだろう。そうなれば事件は解決するかもしれないが、つぐみは折檻《せっかん》される。不破を信頼して打ち明けてくれた彼女の心に傷を付けることになってしまう。

――どちらを取るべきか。

真剣に考え込んだ。考えれば考えるほど深みにはまり込む気分だったが、それでも考えた。

「藤倉さん。今お話しいただいた話ですが——」

つぐみは目元を拭いながら見上げてくる。不破を信じて話してくれた、純粋な瞳《ひとみ》。それを見ながら、苦渋の決断を下す。

「このことは誰にも話しません。約束通り、この場限りの話にします」

つぐみの顔に安堵《あんど》の表情が広がった。不破が判断を悩んでいることを察していたのかもしれない。

「不破先生、ありがとうございます」

頭を下げた彼女は、ほっとしたような声音だった。これでいい、と不破は自分に言い聞かせた。


つぐみが自習室を去っても、不破は未《いま》だ迷いの中にいた。

狂言や凶器の情報は、絶対に警察の捜査に必要だ。もちろん今後、つぐみと話し合いを重ねて警察に話しに行かせるつもりではあった。だが、一旦は情報を隠す判断をした自分に、不破は信じられない思いを抱いていた。

刑事時代には考えられない行動だった。刑事だった頃は事件の解決が第一で、関係者の口をテクニックで割っては、見抜かれたくないことも全部暴いてきた。

そんな不破が、生徒の事情を察して重要な情報を隠した。あり得ないことだった。萌絵や斎木の騒動の際、ためらうことなく情報を雪室に流したのとは対照的だった。

大きな溜息をつく。この判断はもはや、刑事であることよりも、塾講師であることを優先した決断だった。

――俺はもう、心の底から塾講師になったんだな。

不破はそう感じ、この一年のことを思い返した。生徒たちと触れ合い、本気で勉強に取り組ませた日々。意外と悪くなかったと思いながら、刑事の自分が遠ざかっていくのを実感した。

――だが、犯人は特定しないといけない。

それでも、刑事としての義務感は残っていた。警察に情報を渡せない今、捜査ができるのは不破一人だけだ。模倣犯を特定して警察に引き渡すのは彼の務めだった。

自習室を出て、授業ブースに向かった。とはいえ今日は四時五〇分からの授業は入っておらず、次の六時半からの授業が最初だった。つぐみと話をするために早めに来たのだが、思ったよりは早く話が終わってしまった。授業の様子を見ながら、教室内をうろうろする。元気な生徒が騒ぎ、講師に注意される中、あっと大きな悲鳴が響き渡った。

「どうしました」

駆け寄ると、中三の男子生徒が慌てていた。彼の机の上には液体が広がっていて、テキストやノートがびしょ濡《ぬ》れになっていた。

「すみませーん。お茶こぼしました」

机の端には水筒が置いてあったが、横倒しになって蓋が取れていた。蓋が閉まりきっていなかったところ、肘《ひじ》でも当てて水筒をひっくり返してしまったのだろう。

「あーあ。何してるんだよ」

近くにいた仲田が雑巾《ぞうきん》を持って来て、急いで机を拭《ふ》く。不破も手伝ったが、テキストやノートは湿ったままだった。

「ダメだ。もうこれ濡れて使えないや」

男子生徒はテキストを広げて嘆いた。買い直しかなあ、と仲田が同情する。

その瞬間、唐突に不破の脳裏に閃きが走った。男子生徒の一言が思わぬ考えを生んだのだ。

――それじゃあ、もしかして。

連鎖する思考を、慌てて整理《せいり》整頓《せいとん》する。今浮かんだ閃きが、間違いないか確認するためだ。順を追って一つ一つ確かめていっても、その発想に矛盾はなかった。それじゃあ、と不破は息を詰める。

ようやくたどり着いた。つぐみが起こした狂言事件の後を継ぎ、多くの女性を襲って、ついには雪室を殺すに至った犯人の正体に。

「あっ、帰るみたいだよ」

梨央は自習室の方を指差した。藤倉つぐみがドアを開けて出てくるところだった。

「後を追おう」

彼女が外に出て行くのを見送ってから、梨央は走り出した。龍也と萌絵は迷っていたが、梨央が強く言うのでついて来た。

先ほど、不破とつぐみがこっそり話をしているのを、三人で見ていた。自習室は室内側にも窓があるので、中がよく見える。つぐみが青ざめたり泣いていたりするのを見て、これはただごとではないと感じ取った。何人かの講師や生徒が行き来する中、梨央たちは自習室の様子に釘付《くぎづ》けになっていた。

「どこに行くんだろ」

つぐみを尾行しながら、梨央は囁いた。日が暮れた夜の桜台を、彼女はふらふらした足取りでさまよっている。どこかへと目的を持って歩いている足取りではなかった。

彼女は住宅街に入って、何度か角を曲がった。人通りが少ないので、あまり近付くわけにもいかない。角を曲がられるとそのまま見失うのではないかとヒヤッとさせられた。

「真っすぐ帰宅するんじゃないみたいだな」

龍也がつぶやく。ここまで、つぐみは同じ道を何度か通っている。

「家に帰るのが怖いのかも」

萌絵が小声で言った。前を行く彼女のとぼとぼした足取りを見ていると、その考えは当たっているのかもと思わされる。

つぐみはまた角を曲がった。梨央たちは尾行を気付かれないよう、数秒待ってから曲がる。その後、彼女の姿を探すのだが、今回はその姿が見当たらなかった。

「あれ、どこ行ったんだろ」

慌てて左右を見回すが、どこにもいなかった。隠れている気配もない。梨央たちが待っている間に、別の角を曲がったのかもしれなかった。

「困ったな。どうしよう」

どうしようもなくなってしまうが、龍也が大丈夫、と声を掛けた。

「行き先なら、大体の見当はついている」


「やっぱりここだ」

龍也は声を潜めながら指差した。住宅街の中の公園。そのベンチに、つぐみはぼんやりとして腰掛けていた。夜ということで、公園内には他に誰もいなかった。

以前に、つぐみがスケッチをしていた公園だ。悩みがある時はここに通っているはず。龍也のそんな考えは見事に当たった。

「どうする、声を掛けるか」

今このタイミングなら、前に会ったお姉さんが悩んでいるのを偶然見かけたので、という声を掛ける言いわけは立つ。

「そうだね。思い切って声を掛けよう」

梨央は足を踏み出した。だが、それより先に黒い影が公園に入ってきた。コートを羽織っているが、その下にグレーのパーカーのフードをかぶり、紺のジーンズを穿いた人物だ。

その人物は、光る何かを手に持って、つぐみに近付いていった。

「まさか……」

梨央は震え上がった。その服装、手に持った光るもの。

「危ない」

梨央はとっさに叫んでいた。つぐみがびくりと顔を上げ、目前に迫っていたパーカーの人物の存在に気付く。それと同時に、光るものが振り下ろされた。

「きゃあああっ」

つぐみが悲鳴を上げる。間一髪で身をかわした彼女に振り下ろされたのは、鋭く光る大型のカッターナイフだった。

「通り魔だ」

梨央は続けて声を張り上げた。パーカーの人物——通り魔は鬱陶《うっとう》しそうに梨央のことを睨んだ。顔を確認するチャンスだったが、大きなマスクをしていてはっきりとは分からない。そのうち、通り魔はつぐみを捕まえ、首元にカッターを突き付けた。

「ヤバい。どうしよう」

龍也の焦った声が、静かな公園に大きく響いた。

不破は、犯人の正体を見抜いた。だが、言い知れぬ不安にも襲われていた。

――先ほどの藤倉つぐみとの会話を、犯人に見られていたとしたら？

自習室の中での会話なので、話自体を聞かれることはない。しかし、つぐみは泣いたり落ち込んだりと、どんな会話をしているか分かりやすい態度を取っていた。それを見られていたとしたら。真相が漏れることを恐れて、彼女を口封じする立派な理由になる。

不破は慌てて自習室に戻った。だが、つぐみはいなかった。荷物が置いていないので、帰宅してしまったのだろう。

では、犯人はどこに行ったのか。踵《きびす》を返し、その人物がいた席に向かう。しかし、そこに犯人はいなかった。荷物だけを残し、どこかに行ってしまったようだ。

――藤倉つぐみを追ったのか。

不破は一番星学院から走り出た。あの人物が犯人に違いなく、今はつぐみのことを口封じのために追っているはずだ。何としても止めなければ。不破は刑事時代に散々鍛えた脚で駆けて行った。

藤倉家の方向へと、不破は走った。だが、つぐみの姿はどこにもない。真っすぐ帰宅したのではないらしかった。

不破は迷う。住宅街の中を探し続けるべきか、店舗が並ぶ幹線道路へと向かうべきか。こうしている間にもつぐみに危険が迫っているかと思うと、耐え難い焦りが込み上げてきた。

いっそ警察に協力を求める手もあったが、捜索をしてくれるかどうかは不明だし、渋る警察を説得しているうちにつぐみが襲われてしまうかもしれない。得策とは思えなかった。信頼だったらどうする。何も考えが浮かばず、無能な自分へのいら立ちだけが募った。信頼を寄せてくれた生徒の一人も守れないで、何が塾講師だ。絵の道に進むことを許されず、スケッチブックを引き裂かれたと言っていた悲しげな表情が思い浮かぶ。これ以上、彼女につらい思いをさせるわけにはいかなかった。

——スケッチブック？

ふと、重要な何かに気付いたような気がした。スケッチブックが関係しているのか。そう思っていると、不意に梨央たちから得た情報を思い出した。

彼女は、公園で子供たちのスケッチをしていた。

——そうか、公園だ。

彼女は雪室に公園で話を聞いてもらってもいた。間違いないだろう。このあたりで公園といえば。不破はスマホの地図アプリで検索し、その場所へ向かってまた走り出した。

角を何度も曲がり、直線を駆けてそこへ向かう。肺が破れてもいいと思った。もつれそうになる脚を必死で動かし、不破は息を切らして公園に駆け込んだ。僅かな外灯だけで照らされた真っ暗な空間には、何人かの人がいた。三人組と二人の、合計五人。明かりに照らされた小柄な三人組は梨央たちだった。どうしてここにと思ったが、それよりも目の前の二人が置かれた状況が衝撃的だった。

パーカーのフードをかぶった人物が、つぐみにカッターナイフを突き付けていたのだ。

「不破先生」

驚く梨央たちを押しのけて、不破は前に出た。呼吸がまだ整わないが、落ち着くのを待っている時間はない。パーカーの人物との間合いを詰めるが、それを嫌ったその人物が無言でカッターを揺らす。刃先がつぐみの喉《のど》に突き刺さりそうになり、それ以上前に出ることができなかった。

パーカーの人物は深くフードをかぶっていて、マスクもしている。誰なのかは見ただけでは窺《うかが》い知れなかった。しかし、不破はその人物が誰なのかを、これまで得た情報から導き出すことができる。

不破は大きく息を吸い込んだ。この人物に隙を作ることでしか、つぐみは救い出せない。だったら、会話で隙を作り出すまでだ。

「あなたが誰なのか、私には分かっています」

荒い息のまま、パーカーの人物に呼び掛ける。だが、相手はさほど動揺した素振りは見せなかった。正体を見破れるはずがないと高を括《くく》っているのだろう。

それなら、その余裕の仮面を剝《は》がしてやる。不破は、ここに至るまでに積み重ねてきた思考を披露し始めた。

「ポイントは、雪室のストラップと消えた模試でした。この二つの要素について考えれば、雪室を殺した犯人の正体は明らかです」

途切れ途切れの不破の声以外に音はなく、公園は不気味な静寂に包まれていた。

「雪室のストラップは、一番星学院のコピー機の下に落ちていました。生徒たちが見つけましたが、あなたはそれを奪い去りましたね。まさかあんなところに落ちていたとは思いもしなかったのでしょう。偶然、生徒たちが見つけたのに気付き、慌てて横取りしたんです」

梨央たちはざわつき始めた。不破がストラップ消失を信じているとは思ってもいなかったようだ。

「ですが、あのストラップは奇妙なんです。落ちていたストラップは、ストラップホールごと外れていました。ストラップだけ外したとか、紐を切ったとかではなく、スマホのイヤホンジャックにねじのように差し込むストラップホールごと外していたんです。この奇妙さが分かりますか」

ストラップとストラップホールは繋がった状態だった。この意味に気付けば、犯人特定まで一気に近付く。

「何らかの目的でストラップを奪うにせよ、ストラップホールごと外すのは不可解です。私も雪室に見せられた時は、そうできるとは思えませんでした。しかし、コピー機の下から発見された時、ストラップホールは外されていました。イヤホンジャックからそれを抜き取った人物は、そうできることを知っていたんです」

嚙みしめるように何度も振り返った考えだった。

「しかし、そのストラップホールは海外製の珍しい商品です。犯人がたまたま外し方を知っていた確率は限りなく低いでしょう。それに万が一知っていたとしても、凶器の刃物があるんですから、ストラップを持ち去りたいなら紐を切ればいいだけです。わざわざ面倒なホールごと外す理由は一切ありません」

不破は論を進める。他に誰も口を開かない中、背後で梨央たちが息を詰めているのが痛いほど伝わってきた。

「ですが、実際にストラップは、ホールごと外されていました。この矛盾が意味するものは何なのか。そこで考え付いたのが、ホールが外れるということを知っていて、それを外す必要のあった人物が外したという考えです」

梨央たちがひそひそと話し合う。不安そうな声だったので、不破は背後の彼女たちに声を掛けた。

「疑問があるのなら、教えてください。お答えします」

驚いたのか、梨央たちが声を止める。しかし、ややあって龍也の質問が飛んできた。

「ホールが外れることを知っていて、かつ外す必要のある人物なんているんですか。それを持っていた雪室さん本人以外、誰も外れることを知らなかったはずです」

当然の質問だ。ただ、的を射た良い質問でもある。

ようやく落ち着いてきた呼吸を整えながら、不破は答えた。

「それですよ。ホールが外れることは、所有者の雪室しか知らなかったんです。だったら、ストラップホールごとストラップを外したのは、雪室本人なのではないでしょうか」

パーカーの人物がはっと顔を上げた。全てを理解したわけではないだろうが、不穏な何かを感じ取ったのだろう。

一方、不破の背後で梨央たちが息を呑《の》むのが分かった。とはいえ、彼女たちもまだ全容を把握した様子ではない。案の定、龍也が問い掛けてきた。

「ですが不破先生、雪室さんにそんなことをする理由はあるんですか。いくら外し方を知っていたとしても、理由がないのでは外しませんよね」

「そうですね。ただ、その問いには簡単に答えることができます。雪室は、自分がストラップホールを外したことを示すために、ストラップホールを外したんです」

禅問答のように聞こえただろうか。龍也が困惑する気配が不破に届いた。

「ストラップホールを外せたのは雪室だけ。だったら外したのは彼自身。その発想に気付いてくれる誰かに示すために、彼はそんなことをしたんです」

「そんな。一体何のために」

「ストラップには血が付いていました。そんなものをストラップホールごと雪室が外した。何らかの証拠にしようとしていたことが想像できます」

血の付いた物証を残そうとした雪室。最期の最期まで、彼は犯人逮捕を目指す立派な警察官だったのだ。

「しかし、そうなると一番星学院にストラップが落ちていたことは不自然です。証拠として残したい雪室が、犯人に肝心のものを奪われるのは妙です。また、犯人がコピー機の下にそれを落として見失うのもおかしい。証拠になるものなら、すぐに捨てるか大事にカバンの中にしまうはずです。たとえ落としたとしても、それだけ重要なものなら見つかるまで探すはずです」

「ですが、実際にそれは一番星学院に落ちていました」

龍也の当然の指摘が飛んでくる。不破は頷き、その疑問に答えた。

「ストラップが落ちていた理由。それは、犯人が落としたのではないからです。別の誰かが落としたからこそ、犯人は気付かず、探そうともしなかったんです」

「その誰かというのは、もしかして」

「雪室です。ストラップホールを自ら外した理由は、ストラップを落とすためだったんです」

背後で梨央たちの納得する声が聞こえたが、すぐに不安そうな響きに変わる。

「あの、でもそのストラップがどうしてバンボシにあったんですか」

「よく考えてください。一番星学院のコピー機の下にそれがあったのは、犯人が落としたからではなく、雪室の意図によるものでした。しかし、別の場所で殺された雪室に、一番星学院までストラップを持って行くことは可能でしょうか。それには血が付いていたので、首を切られた後にコピー機の下に置かれたのは確実です。致命傷を負いながら一番星学院まで行く。恐らくそんなことはできません。それでも、ストラップが一番星学院にあったことを踏まえると、導き出される答えは一つです。即《すなわ》ち、殺害現場は一番星学院だったのです」

　静寂の中、パーカーの人物の息遣いが少し荒くなった。

「雪室は一番星学院のコピー機の近く、つまりはコピー機のある事務室で殺されたんです。そうであるなら、犯人の目を盗んでストラップを外し、コピー機の下に投げ込むことができます。そしてそんなことをした理由は、犯行現場を示すためです。今までの考えをたどれば、その答えにたどり着けますからね。ただし、ストラップは犯人に見つかってはいけません。処分されてしまいます。だから、それはコピー機の下に投げ込まれたんです。犯人に見つからないようにするために」

　もしかしたら、雪室は不破に期待したのかもしれない。不破がストラップを見つけて、犯人を特定してくれると。今は亡き友人のことを思いながら、彼は最後の詰めに入った。

「一番星学院の事務室で殺人が起こったのは、間違いないでしょう。そうなると次のポイントは、いつ犯行が行われたかです。雪室の死亡推定時刻は、私が得た情報によれば、午後九時〜十一時頃です。夕方頃に、雪室は生きているところを生徒たちに目撃されているので、矛盾はありません。彼はこの時間の範囲内に、一番星学院の中で殺されたのです。ただ、まだ生徒がいる九時台に、三部屋しかない一番星学院で、誰にも見られず殺害するのは難しいでしょう。となると、十時〜十一時台の遅い時間の犯行だったことになります」

パーカーの人物の息遣いは乱れたままだ。核心に迫りつつあるのだと不破は緊張した。

「しかし、そんな十時~十一時という遅い時間帯に一番星学院にいる人物は限られてきます。生徒とアルバイト講師は十時までには帰宅済みですから、残るのは正社員講師のみ。つまり、室長、冴島先生、仲田先生の三人です。犯人はこの中にいます」

犯人候補は三人にまで絞られた。不破はパーカーの人物を見る。動揺は色濃いようで、あと少しで、飛び掛かって制圧できるだけの隙が生まれそうだった。

「犯人は三人の中の誰かです。さて、ここで犯人特定のために使いたいのが、紛失した模試です。何者かの手で十部が盗まれたようなのですが、その盗難の理由が犯人をたった一人に特定します」

模試の一件を知らない梨央たちは囁き合っている。彼女たちにも理解でき、またパーカーの人物へのプレッシャーになるように、不破は細かく説明していく。

「雪室は首を切って殺害されました。当然血が飛び散ったはずで、近くに置いてあったものが血で濡れたのは想像に難くありません。そして模試は雪室が倒れた事務室に置いてありました。事件直後に模試が紛失していることから、血で汚れた模試を犯人が隠したと考えられます。殺害時、模試が入った段ボール箱は蓋が開いていたんでしょう。冴島先生が蓋を開けっぱなしにしていたと言っていましたから。そこに血が飛んだのです。机や床に飛んだものは丁寧に拭けば取れたでしょうが、紙である模試に付いたものはなかなか取れません。そこであなたは、血の付いた模試を盗んで捨てるしかなくなったんです。そんなものが見つかってしまえば犯行現場が発覚し、犯人候補が三人だけだということが分かってしまいますからね。他にも段ボール箱などの血が取れにくいものは捨てて、別のものと入れ替えたんでしょう。ただ、このことに気を取られている間に、雪室がストラップをコピー機の下に投げ込んだのかもしれません」

生徒がテキストにお茶をこぼしたのがヒントだった。お茶どころか血で濡れた模試は、汚れを落とそうとしても簡単には落ちない。

「あの、ですがそれだと十部も盗む必要はないんじゃないでしょうか。血が付くのは、一番上に置かれていたものだけですよね。残りの九部には血が付いていない気がします」

ふと、萌絵が問い掛けた。当然の質問で、かつ重要な問いだった。

「再発注するために必要だったんです」

まず簡単に答えると、萌絵がたじろぐ気配があった。

「どういうことですか」

「犯人は、模試が足りなくなったことを知っています。そして模試が足りないと、塾の運営上、大きなトラブルに発展する可能性があります。殺人の罪は隠したいですが、かといって模試の不足も避けたい。そうなると再発注するしかないですが、自分から枚数が足りないと言い出すのは、犯人の心理からいって避けたいでしょう。なぜ足りないと分かったのかと問い詰められれば、犯人も冷静を保ってはいられないですから。するとと、誰か別の人に不足を気付かせて、再発注を言い出してもらうしかなくなってきます。そのためには、その誰かに枚数を数えてもらうしかないのですが、一部なくなっただけでは、数えた時に計算ミスで全部揃っていると勘違いされる可能性があります。紛失したのは中三の模試で、この時期なので受験者も多かったですからね。万が一ではありますが、犯人は少数の紛失だと見過ごされることまで想定したのでしょう。だから、十部も盗んで捨てたんです。誰が数えても紛失が発覚するように」

萌絵が納得の息を吐くのが分かった。そして、この事実は犯人特定に大きな役割を果たす。

「犯人は十部の模試を盗み、他の人に紛失を気付かせました。ということは、模試を数えて不足に気付いた人物は、犯人ではないということです。もし犯人自らが数えたのなら、わざわざ十部を盗む必要はありません。一部だけ盗んでおいて、一部足りないと申し出ればいいだけですから。ということは、模試を数えた冴島先生は犯人ではないということになります」

冴島が除外された。

「残る一人の除外は、犯行時刻を考えれば容易です。雪室が一番星学院内で殺されたのは、先ほどお話ししたように午後十時~十一時頃。室長や正社員は遅くまで残ることがあるので、充分残業の時間内です。室長を含む正社員三人はしばしば残業していますが、アルバイト講師の私にはそのサイクルは分かりません。しかし、あの日だけは誰が残業をしていたか、はっきりしているんです」

パーカーの人物ははっと顔を上げた。思い当たる節がありそうだ。

「まず、残業をしていたのは冴島先生ではありません。模試を数えた冴島先生が、殺人犯であるということはないですから。そして、仲田先生でもありませんね。あの日、仲田先生は体調を崩して早退していたんですから。深夜になってわざわざ仕事に戻って来て犯行に及ぶというのは、不自然かつあまりに目立つ行動です。そんな行動は取らないでしょう。となると、残業をしていて犯行が可能だった人物はただ一人」

不破はゆっくりと、パーカーの人物を指差した。

「室長、雪室を殺せたのはあなただけなんです」

パーカーの人物はカッターを構えたまま、ふっと軽い息を漏らした。

「そうだ、俺がやったんだ」

空いている方の手でパーカーのフードを外し、マスクを取る。見慣れた室長の顔が、外灯の微かな明かりの下で浮かび上がった。

「そんな、室長が……」

梨央が声をかすれさせる。

「どうしてこんなことをしたんですか」

不破が語気を強めて問うと、室長はせせら笑った。

「不破先生も分かっているだろ。俺は通り魔なんだよ。そして、そのことに気付いて塾内にまで押し掛けてきたあの警官を、口封じのために殺したんだ」

やはり雪室殺しの犯人だけでなく、通り魔でもあったのだ。

「通り魔の犯行は九時～十時。八時一〇分という早い時間帯に帰ることのあるあなたにとっては、獲物を探し歩いた末に犯行に及ぶのにちょうどいい時間だったんですね。残業する時は遅くまで。でも獲物を探す時には早く帰る。そういう行動計画だったんでしょう」

「そうだ。よく分かっているじゃないか」

室長は開き直った。少し動揺が薄れているようだ。正体を暴かれるという不安が消え、楽になってしまったのだろうか。

「どうして通り魔なんてことをしたんですか」

再度隙を作らせるべく、質問を放った。室長はフンと鼻を鳴らす。

「藤倉つぐみ。こいつが悪いんだ」

通り魔の狂言のことを言っているのだろうか。出方を窺っていると、室長は忌々しそうに語り出した。

「あれは残業を終えて、帰宅準備をしている時のことだった。ゴミ箱のゴミ袋がパンパンだったので替えようとしたら、底の方が破れていて、そこから何かが飛び出していた。慎重に取り出すと、それはカッターだった。きっと無理やり押し込んだから破れてしまったんだな。しかも、刃を出してみると僅かに血が付いている。最初は驚いたが、そう言えばその日、藤倉がゴミ箱の前で何かごそごそしているのを俺は見ていたんだ。その数日前に通り魔被害があったから、真相にはピンときたよ」

「ですが、それで警察に通報せず、通り魔になったのはどうしてですか」

「ずっと通り魔をやりたかったからだよ。藤倉の捨てたカッターを見つけて、罪を着せられると思ったら我慢できなくなったんだ。藤倉の事件の時、俺にはアリバイがあったからな。それに、俺は髪の長い若い女性を狙いたかったんだが、第一の被害者たる藤倉はその条件に合致していた。全てが揃ったことで、俺は一歩を踏み出せたんだ」

吐き気を覚える思考だった。とはいえ、その不快感を素直に表明して室長を刺激するほど、不破は馬鹿《ばか》ではない。気持ちよく喋《しゃべ》らせるために、次の質問を口にした。

「どうして、髪の長い若い女性を狙うんですか」

何でもないような質問だったが、室長は興奮したように早口になった。

「以前に一番星学院で、カッターを使いながらふざけていた女子生徒が掌を怪我した事件があったんだ。その子は明るく活発な子だったんだが、少々うるさかった。他の生徒の邪魔になることが多々あり、保護者から何度もクレームが来ていた。その生徒に注意もしたんだが、話半分で聞かれて行動を変えてもらえない。俺は彼女を憎んだよ。するとどうだ。その生徒はカッターで怪我をした。掌の怪我のせいで、部活の引退試合にも出られなかったらしい。ざまあみろと思ったね。怪我をした時、掌から血を滴らせて苦悶《くもん》する彼女の姿が目に焼き付いた。快感だったね。あんな光景をまた見たい。そう思っていたんだ。もちろん、その生徒は長い髪をしていたよ。俺はああいううるさい女子を黙らせるのが好きなんだ」

その事件なら、他の講師づてに聞いたことがあった。カッターを使いながらふざけるのを止めなかった室長の責任が問われたらしいが、何のことはない。怪我することを見越して、わざと止めなかったのだ。

「俺はもともと、子供は嫌いなんだよ。うるさいし言うことは聞かないし。勤務先も本部でのデスクワークを希望していたのに、なぜか現場の塾に送られてばっかりだ。うるさいガキどものお守りをするのは、本当に苦痛だったよ」

室長としてあるまじき発言が飛び出す。こういう男だったのか。

「あの女子生徒に似た、うるさそうな長髪の女を探して切り付けた。掌を傷付けたのは、カッターの一件があったからだ。掌に傷を負うことは、案外ダメージになる。そう知ったから意図して掌を狙ったんだ」

室長は恍惚《こうこつ》とした口調で喋る。

「雪室っていう警官も、俺の犯行を見抜いて一番星学院まで押し掛けてきたから殺したんだ。藤倉つぐみから色々情報を得ていたみたいで、カッターをゴミ箱に捨てたことも知っていた。そこから目を付けて勤務時間帯を調べ、俺の犯行に気付いたんだろう。だが、あいつは詰めが甘かった。まさか塾内で殺されるとは思っていなかったんだな。油断していたから、個室の事務室に誘い込み、カバンの中にいつも隠し持っていた例のカッターで首を切り付けて殺したんだ。カッターで人が殺せるかと思ったが、大型だったのと、切った場所が良かったのが功を奏したらしい。血をまき散らして、やがて死んだよ。尤も、模試に血が付いたことに気を取られて目を離してしまい、ストラップをコピー機の下に投げ込まれたりと色々証拠を残されてしまったがね。死体は車で運んで、離れた場所に捨てた。一番星学院の前の道路は狭いから、運ぶ時はひやひやしたけど、深夜だったこともあって車も人も一切通らなかったよ」

くくく、と室長は押し殺した笑みを漏らした。もはやまともな精神状態ではなさそうだった。つぐみが傷付けられる前に、早めに決着をつける必要がある。

「雪室の掌の皮膚を深くえぐったのにも、理由がありますね」

不破は敢えて未解明の部分に切り込んだ。

「理由が分かるのか」

室長は戸惑い気味に尋ねた。

「雪室の掌に、あなたのハンコが付いてしまったからですね。あなたが胸ポケットに入れていて、いつも落とすハンコ。それが事件の時も落ちてしまったんでしょう。恐らく、雪室が証拠にすべく掌にそれを押したんですね。先ほど、目を離した間に色々証拠を残されたと言いましたが、これもその一つでしょう。朱肉はその場にはないですが、よほど綺麗に保っておかない限り、強く押せば少し跡が残りますからね。それを、死体移動後に気付いたあなたは、水場が近くにないことから、ハンコが押された皮膚ごと切り取ることでしか対処できなかったんです。なお、死体に触れてしまったハンコ本体は心理的にもう使えず、その後に新調もしていますね」

見てきたように説明する。

「あんた、どうしてそこまで知っている」

室長には、元警察官だということは面接時に伝えている。それでも、ここまで何もかも看破されたのではさすがに不気味だろう。室長は無意識に一歩後ずさる。

そこに隙が生まれた。不破が踏み込んで、拳《こぶし》で一撃を浴びせるだけの隙が。

勝った——。不破は確信して走り出した。

「もう嫌ッ」

不意に、つぐみの叫び声が聞こえた。彼女は体をよじる。不破は駆けながら、これはマズいと足にブレーキを掛けた。

不破はつぐみと室長の数十センチ手前で止まる。つぐみが身をよじったために、室長と彼女の体は接近し、攻撃を食らわせる余地が消えていた。

すぐさま、後方に飛びのいて室長から離れようとする。だが、その前にカッターの一閃《いっせん》が不破の右腕を捉えた。ぱっと鮮血が散って、数秒遅れて痛みがやってくる。

「不破先生」

梨央たちの悲鳴が公園にこだました。だが、それをかき消すかのように、室長が激しく地面を踏み鳴らした。

「お前、何動いてるんだ。離れろ」

室長が吠《ほ》える中、不破はゆっくりと後ずさる。腕を滴る血が妙に熱く感じた。

「もう嫌」

近い距離で今の光景を目撃したつぐみは、壊れたように同じ言葉を繰り返した。

「生きていたって意味なんてない。もう、死にたい」

投げやりになった彼女は、自らカッターに首を近付ける。

「やめて！」

つぐみの動きを止めたのは、梨央の声だった。彼女はゆっくりと、つぐみと室長の方に向かって行く。

「危ないです。止まってください」

不破が制止するが、梨央は止まらない。彼女を引き留めたいが、腕の痛みが酷く動くことができなかった。

「お姉さん、死にたいなんて言わないで。あんなに上手な絵が描けるのにもったいないよ。生きて、もっと良い絵を描いて」

彼女は一歩一歩進んでいく。不破が動けない今、自分が動くしかないと決心したのだろう。だが、中学生が刃物を持った大人相手に向かって行くのは無謀が過ぎる。

「うるさい。近寄るな。お前も不破みたいになるぞ」

室長は顔を紅潮させて叫んだ。不破を傷付けたことで、感情のリミッターが外れてしまったようだ。これでは中学生相手でも、本気で刃物を振るうだろう。

「おい、近寄るなと言ってるだろ」

梨央と室長の距離は数十センチにまで詰まっていた。踏み込んでカッターを振るえば、彼女を傷付けられる距離だ。不破は自由にならない体を呪《のろ》いつつ、最後の気力を振り絞って前に進んだ。

激痛が腕を襲うが、構っていられない。叫びながら、梨央の元に向かって一歩ずつではあるが進んでいく。だが、それより先に室長が刃物を振り上げた。だめだ、間に合わない。不破は思わず目を閉じそうになる。

しかし、そんな不破の前に、影が一つ走り込んできた。その影は室長のところに突っ込んでいく。室長がでたらめにカッターを振り回す中、その影は姿勢を低くして、勇敢にも殺人犯の脚にタックルを食らわせた。

「うおおっ」

室長はバランスを崩して倒れ込んだ。つぐみは自由になり、駆け寄った梨央に腕を引かれる。

「龍也。逃げて」

梨央が、つぐみを引っ張りながら呼びかけた。先ほどタックルをしたのは龍也だった。

倒れた室長に覆いかぶさるようになっているのは、運動が苦手でけんかなんてできないはかった。


ずの彼だった。

「梨央に、手を出すなああっ」

龍也は叫びながら、室長の体を抑え込む。だが、線の細い龍也では大人の力には敵わなかった。

「この野郎。ナメた真似を」

室長は身を起こし、今度は龍也の首を摑んだ。手に持ち続けていたカッターを再び突き付け、次の人質にしようという考えだ。

しかし、その時にはもう不破が室長の間近にいた。

不破は右足で強烈な蹴りを放って、カッターを弾《はじ》き飛ばした。吹っ飛んだカッターは刃先から木に勢い良く突き刺さり、室長は呆然《ぼうぜん》とした。

「待ってくれ。俺は悪くない。悪いのはうるさくする女の方で……」

不破は痛みに耐えながら、言いわけをする室長の襟を摑んだ。そのまま勢いをつけて反転し、室長を背負うようにしてぶん投げる。悲鳴を上げながら、室長は受け身も取れずに硬い地面に叩きつけられた。

「背負い投げ……。なんて美しい」

口を半開きにした萌絵がそうつぶやく。刑事時代に柔道場に通い詰めて鍛えた背負い投げは、県内どころか全国レベルでも名を馳《は》せる美しさ、そして強さを誇ると称賛されたものだ。

「完全に気絶している」

龍也が震える声で言った。室長は地面に伸びてぴくりとも動かない。脈を取ると拍動があったので、死んではいないようだ。

「不破先生、大丈夫ですか」

梨央が不破の腕を取った。出血は少し治まってきている。それでも応急手当は必要なので、自分のハンカチを取り出し、それを腕に巻きつけた。刑事時代は傷を負っても、こうして犯人を追い続けたものだ。

「一一九番、しました。もうすぐ来ます」

萌絵がスマホ片手に声を上げる。すぐに救急車が来ると分かると、全身にどっと疲れが広がった。刑事だったのはもう一年近く昔のことなのだ。ブランクが感じられ、不破は苦笑した。

「龍也、大丈夫？」

梨央が、へたり込んだ龍也に歩み寄って手を差し伸べた。無茶なタックルをした彼は、緊張が緩和されたことで満足に立てずにいた。

「梨央、危ないことはしないでくれよ」

「それは龍也も同じでしょ」

龍也を立たせ、梨央はほっと息をついた。そして優しい声で、

「でも、格好良かったよ。梨央に手を出すなって、私のこと守ってくれたんだね。ありが

とう」

と言った。龍也は顔を真っ赤にし、視線を落としてぼそぼそとつぶやいた。

「前に、黒部や漆原に凄まれた時は守ってやれなかったから、その代わりだよ」

梨央は聞き取れなかったようで、えっ何て？　と聞き返している。龍也は、別に、ととぼけているが、不破だけがそのつぶやきを聞いた。

「はい、住宅街の中の公園です。怪我人がいて……」

萌絵はスマホで、救急車の誘導をしている。そんな三人を見守りつつ、不破はつぐみの前に歩み寄った。虚《うつ》ろな表情で座り込んでいる彼女は、不破の姿を認めるなり目に涙を溜めた。

「どうして、死なせてくれなかったんですか」

彼女の人生は苦痛に満ちているのだろう。そのことに同情はしたが、死なせるつもりは一切なかった。

「死にたいなんて、もう二度と言わないでください」

屈み込み、視線を合わせて不破は言った。

「雪室が悲しむでしょう」

その一言で、つぐみの涙が溢れ出した。彼女は、今まで溜め込んできたものを全て吐き出すかのように声を上げて泣く。それでいいんだ、と不破は泣くがままにさせた。

やがて、救急車とパトカーのサイレン音が聞こえてきた。萌絵が誘導し、救急隊が公園に入ってくる。不破はほっとして夜空を見上げた。黒一色の闇《やみ》が広がっていたが、その中には満天の星々がきらめいていた。

闇の中にも、光はたくさんある。不破はそう感じ、このことを生徒たちに伝えたいと思った。


室長は逮捕された。

受験直前に室長逮捕という前代未聞の事態に、一番星学院桜台校は揺れに揺れた。しかし、冴島・仲田の正社員コンビと、不破たちアルバイト講師の奮闘、さらには別教室からのヘルプもあって何とか持ちこたえた。講師たちへの保護者の信頼度が高かったこともあり、退塾者も最低限に抑えることができた。

不破の怪我は幸いにして軽く、一週間で職場復帰できた。痛みも引いており、腕の動きにも問題はなかった。不破は、受験期に長期離脱とならず大いに安堵していた。

受験生たちは、来る受験に向けて勉強を頑張っている。講師たちはそれを全力でサポートした。悩み相談に乗り、受験への不安を聞き、生徒が一番勉強しやすい環境を作っていく。

そんな中で、藤倉つぐみは一つの決断を下した。母親が強制していた国立大学受験を取りやめることにしたのだ。彼女はまだ高二なので、今志望校を変更してもまだ余裕がある。だが逆を言えば、今しか志望校を変えるチャンスがないということだ。思い切った判断だったが、後に彼女は、笑って不破にこう言った。

「お母さん、めちゃくちゃ怒ったよ」

志望校変更を告げられたつぐみの母親は大荒れし、ものを投げて暴れたらしい。近所の人が警察に通報するほどの荒れようだったそうだ。しかし、つぐみは室長にカッターを突き付けられた時よりはましと開き直ったらしい。その気持ちの切り替えが功を奏したのか、一晩中荒れた母親の攻撃を乗り切ることができた。これまで傍観に徹していた父親が味方についてくれたことも、彼女の判断を後押ししたようだ。

つぐみは隣の市に住む祖父母の家に移り住むことになり、母親とは距離を置くことになった。現在、怒りを全てぶちまけた当の母親は抜け殻のようになっているらしい。母親は、親に教育の全責任を負わせる現代社会の犠牲者だったのかもしれない。

つぐみは、美大を目指すと言って一番星学院を辞めた。一浪でも二浪でもする覚悟だと彼女は前を向いていた。今までの勉強はしんどかったが、これからは自分で選んだ道だからつらくはないと言った。その成長ぶりが不破は嬉しかった。

最後につぐみは、不破に礼を言った。あの時、室長から命を助けてくれてありがとう。そして、自傷のことを警察に黙っていると言ってくれてありがとう、と。

自傷のことは、室長逮捕後、彼女の許可を得て警察に伝えた。その時はつぐみも吹っ切れていて、伝えてもいいと言ってくれた。

だが、その前の段階では、彼女は黙っていてくれと願い出た。不破は葛藤《かっとう》しながらもその希望に従った。そのせいで危険な目に遭わせたと、不破は後に謝罪した。だが、黙ってくれて嬉しかったとつぐみは笑った。

不破先生はすごく良い先生だね、とつぐみは言った。雪室さんの次ぐらいに好きだよ、と彼女は白い歯を見せた。

警察に重要な情報を隠してでも、塾講師として生徒の気持ちを第一に考えて守る。その判断をしたことを、不破は感慨深く振り返った。

自分はもう警察官ではない、塾講師なのだと、改めて強く思った。

つぐみのことを知り、萌絵は母親に思いの丈をぶつけた。勉強は大事だけど、過度に強要しないでほしい。そう強く伝えたのだ。

母親は反論し、大いに揉《も》めたが、最終的に母親が折れた。萌絵の気持ちのこもった熱弁が母親を負かしたのだ。ずっと黙っていた父親を味方につけたことも、やはり大きかったらしい。勉強時間は萌絵自身が決め、母親は口を出さないということで決着がついた。不満そうな母親だったが、これが第一歩だと萌絵は考えたそうだ。母親だって不安だろうと思い、萌絵は勉強以外では優しく接することにも決めたらしい。

萌絵の成長も、不破には嬉しかった。

「今年の冬は寒いね」

一番星学院近くの自販機の前で、梨央がつぶやいた。一月末の冷え込みはまだまだ厳しい。マフラーに首を埋《うず》めた彼女は、ホットココアにするかミルクティーにするか散々悩んでいた。

「その台詞、毎年言ってるぞ。というか、前も言ってた」

ホットレモンを飲む龍也が突っ込んだ。梨央は、えーそうだっけ、と苦笑して、ようやく自販機のボタンを押した。今回は敢えて冒険しておしるこにした。

「全然覚えてないな。前に今年は寒いって言ったの、いつのこと？」

「一月の最初だよ。冬期講習真っ盛りの頃」

「そうなんだ。龍也、よく覚えてるね」

梨央は感心しながらおしるこの缶を開ける。そのままぐいと一気に飲み、甘いなあと当たり前の感想を口にした。

「そういえば、雪室さんがバンボシの前にいた日だ」

不意に龍也が真剣な調子で言った。梨央はそういえばと思い出す。あの日、自販機前で喋っていた時に、雪室に声を掛けられたのだ。

雪室のことは、あの後で不破から詳しく聞いた。どういう知り合いかは教えてもらえなかったが、人柄については事細かに説明してもらった。ごくごく簡単にまとめると、とても良い人だったそうだ。駅前交番や、遺体の発見された現場には、今もひっきりなしに花が供えられていると聞く。皆、雪室さんに世話になったと涙ながらに語る人たちばかりらしい。そのエピソードだけでも、彼がいかに良い人だったかが分かる。亡くなったのは本当に残念だが、彼は多くのものを残していった。

「だけど、あの事件は本当に大変だったたな」

龍也が、苦い記憶を呼び戻すように空を見上げた。梨央もつられて視線を上げる。

「バンボシ探偵団、最大最悪の事件だったね。後でめちゃくちゃ怒られたし」

事件後、無謀な行動を取ったことで、親や、冴島・仲田の塾正社員、学校の先生にまで叱《しか》られた。でも、その人たちの言うことは尤もだったので、反発心は湧かなかった。梨央は素直に反省し、その後、龍也と萌絵にバンボシ探偵団を解散すると宣言した。もうあんな危ない目には遭いたくなかったし、周りの人たちを心配させたくなかった。母親は、警察に連れられて行った娘が帰宅するまで、不安でずっと泣いていたそうだから。

「それにしても、不破先生の格闘術は凄かったな。一体何者なんだろ」

話は不破の方に飛んだ。確かに、あの蹴りに背負い投げ。ただの塾講師にしてはあまりに強すぎる。

「もしかして、どこかの国のスパイだったりして」

「あるいは元自衛官、ううん、元刑事っていう可能性も」

二人して憶測を並べて笑うが、梨央はふと真顔になった。

「どうした？」

「いや、不破先生って良い先生だなって思って」

急な発言に龍也は驚いたようだったが、すぐに首を縦に振った。

「そうだな。良い先生だと思うよ。生徒思いだし、真面目《まじめ》で全力を尽くしてくれるし」

不破の担当でない彼でさえ分かるほどだ。担当されている梨央には分かりすぎるほど分かっていた。不破は厳しいが、その厳しさは生徒のことを思っているがゆえのものだ。不破は生徒のことを第一に考え、決して手を抜かない。梨央の成績だってこの一年で急上昇しているし、不破に話を聞いてもらえると安心できる。

最初の頃が嘘のような、不破との良好な関係だった。

「ずっと不破先生に見てもらえたらいいのにな」

梨央は思わずそう口にする。だが、高校に進学したら、彼女は一番星学院を退塾する予定だった。龍也もそのタイミングで退塾することから、親と話し合って決めたのだ。

「もうすぐ受験か。色々と終わっていくな」

龍也が大きく伸びをした。塾通い、受験勉強、中学校生活――。様々なものが区切りの時を迎えようとしている。

そして、隣にいる龍也。志望校の違う彼とは、もう同じ学校に通えない。梨央は地元公立高校を志望していて、龍也は隣の市の有名進学公立校を目指している。

「私たちも、高校は別々だね」

おしるこの甘さを感じながら、梨央は言う。甘ったるい味のはずなのに、どこか苦さを感じるのはこの寂しさのせいだろうか。

「梨央、そのことなんだけど」

ふと龍也が深刻そうな声を出す。梨央は、何だかしっかり話を聞かなければならない気がして、おしるこの缶を口から離した。

「俺、ずっと言いたかったんだけど」

この寒いのになぜか顔を赤くして、彼はホットレモンの缶を握り締める。

「高校に行っても、また会ってほしいんだ」

梨央はきょとんとした。

「えっと、家は近いんだからすぐに会えるよね。あ、もしかしたら通学の電車で毎朝会えるかも」

「そういうのじゃないんだ」

龍也の声がひときわ強くなる。

「だから、その……俺、梨央のことがずっと気になってたんだ」

「まあ、私たち幼馴染だし。私は勉強が苦手だから、得意な龍也からしたら気になるよね」

「いや、そうじゃないんだって」

龍也は激しく首を振り、ホットレモンを一気飲みするとゴミ箱に放り捨てた。そして、ああもう、と声を上げて梨央を真正面から見つめる。

「俺は、梨央のことがずっと好きだったんだ。付き合ってくれ」

一瞬、脳の理解が遅れた。梨央は固まり、少し遅れて何が起こったのかが分かってくる。

「ええっ、そうだったの」

驚きが大きな波のように押し寄せてくる。でも、思い当たることはありすぎるほどあった。妙なタイミングで赤くなる顔。なぜか逸《そ》らされる視線。命がけで室長から梨央を守ってくれた、勇気ある行動……。

「俺じゃだめかな」

龍也はやっぱりと言うべきか、顔を真っ赤にして俯いている。きっと崖《がけ》から飛び降りるぐらいの重い決心だったのだろう。

梨央はどうするか考えようとした。しかし、答えはもうすでに出ていた。

「長い付き合いなのに、返事も分からないの」

わざと訊き返してみると、龍也は恐る恐るといった感じに視線を上げた。怒られたと思ったのか、一転して真っ青な顔になっている。あんまりいじめるのも趣味じゃないので、笑って答えを言った。

「いいよ。付き合おっか」

龍也の顔がぱあっと明るくなった。マジか、と彼は梨央の手を取り、ダンスでもするかのように小躍りした。

「ただし、条件がある」

梨央の一言に、龍也は動きを止めた。身構えるように表情が硬くなっている。

「お互い、志望校に合格すること。それが付き合う条件。やっぱり今は勉強優先だからね」

龍也がほっとしたように表情を緩めた。そのぐらいのことは覚悟している、と顔つきが語っていた。

「さあ、バンボシに戻ろ。今は勉強、勉強だからね」

「そうだな。よし、頑張るか」

梨央と龍也は、一番星学院に向けて走って行った。

エピローグ　さよなら――卒業

春風が桜の花びらを舞い上げる、三月の末。受験の結果はすでに発表されていた。

梨央、龍也、萌絵は志望校に合格した。梨央は地元の公立高校、龍也は隣の市の有名進学公立校、萌絵は彼女自身が志望した私立の中高一貫校、あの凜華女学園にそれぞれ進学することになっていた。梨央と龍也の進学先は予定通りだったが、萌絵は高等部からの凜華女学園入学という意外すぎる選択をした。あの事件の後、先輩の藤倉つぐみから色々話を聞いて、直前に決断をしたらしかった。

梨央たちは、一番星学院にお礼を言いに向かっていた。一番星学院での最後の授業はもう終わっていて、不破にはすでに直接合格を伝えた。だが、お礼という形でもう一度正式に伝えることが必要だと三人で考えたのだ。

大通りを抜けて、細い道に入った。夜は薄暗く、通り魔に襲われるんじゃないかと皆が気にしていた道だ。しかし、日中の今は明るく平和な雰囲気だった。暖かな風が、梨央の長い髪を揺らす。

一番星学院の建物の前に着くと、梨央たち三人は足を止めた。お礼をするのが恥ずかしいような気がして、誰《だれ》から先に入るか譲り合う。結局、全員で同時にということになり、ドアを開けて足を踏み入れた。いつもと変わらない、桜台校の教室。だが、妙に懐かしい気がした。

教室内の壁には、志望校合格者の人数分の花が飾ってあった。作り物の花だが、受験生全員の分があることが、全員合格という結果を表していた。斎木も、岡も黒部も漆原も、全員が志望校への合格を勝ち取ったのだ。

「こんにちは」

冴島と仲田が小声で挨拶《あいさつ》をした。二人は親指を立て、塾内の方を指差す。冴島と仲田には、不破が出勤しているタイミングをこっそり聞いていた。今回は不破には内緒のサプライズでやるつもりだったので、二人の協力は大いに助かった。

「不破先生！」

梨央たちは一気に塾内に駆け込み、不破の元に集まった。彼は驚いているようだったが、表情は変えない。不破らしいと思わずニヤニヤしてしまう。

「今までありがとう。これ、私たちからの感謝の印」

梨央は、包装された小さな箱を差し出した。不破は無表情のまま、包装を解いてそれを開く。中から出てきたのは紺色のハンカチだった。

「危険な場面で助けていただいたこともありました。そのお礼も込めています」

龍也がはきはきと言った。彼は不破の担当生徒ではないが、室長との対決の際には守ってもらった。怪我《けが》を負った不破は、自分のハンカチを包帯代わりにして汚していたので、その代わりになればという龍也のアイデアだ。

「私、先生のお陰で救われました。ありがとうございました」

萌絵も頭を下げる。結局最後まで分からずじまいだったが、不破は萌絵の抱えていた大きな問題を解決したようだった。

「皆さん、ありがとうございます」

不破は、最後まで丁寧な言葉遣いを続けた。ちょっとはタメ口になってくれても良いんじゃないか、とは思うが、彼なりにこだわりがあるのだろう。これでいい、と梨央は一人で頷《うなず》いた。

ただ、どうしても訊《き》いておきたいことはあった。ずっと気になっていたこと。今日ここで訊かないと、もう二度と訊けない気がすること。

「不破先生って、一体何者なの？」

思い切って問う。不破は眉《まゆ》一つ動かさなかったが、若干言葉に詰まった印象を受けた。

「私は、ただの塾講師です」

答えはシンプルだった。だが、それで充分かもしれない。不破という立派な講師に出会えたこと、それ以外には何もいらない気がした。

これまでの授業の思い出などを喋《しゃべ》って、梨央たちは別れを惜しんだ。不破はにこりともしなかったが、いつものことだ。会話は盛り上がり、打ち切り時が見つからなかったが、それでも最後の時はやって来る。

「それじゃあ、不破先生、さよなら」

梨央たちは手を振って、不破の元を離れた。もう会えないのかという思いと、ここに来ればいつでも会えるという思いが入り混じった。冴島や仲田は、卒業生はいつ来てもいいと言ってくれたのだし。

「お世話になりました。またね」

梨央は最後に振り返り、もう一度手を振った。不破は表情を変えないまま立っていたが、軽く手を振り返したように見えた。

「さあ、高校生活、頑張っていこう」

一番星学院から外に出た梨央は、そう号令をかけて走り出した。思わず龍也と手を繋《つな》ぎそうになったが、萌絵の前では自重する。

梨央たち三人は、希望に満ちた足取りで、どこまでもどこまでも走って行った。

不破は、梨央たちが走り去っていくのを窓から見つめていた。

希望に満ちた三人の姿はまぶしかった。新しいステージへと駆けて行く彼女らは、不破の目に憧《あこが》れの存在として映った。

手元に目を落とすと、贈り物のハンカチがあった。室長との一件で血に汚れたハンカチは捨ててしまっていたので嬉《うれ》しい贈り物だった。これは大事にしようと箱を閉じながら、不破は梨央の問い掛けを思い出していた。

――不破先生って、一体何者なの？

そう問われた時、全《すべ》てを答えようとも考えた。元刑事の塾講師だと。

だが、不破はただの塾講師だと答えた。そして、それで良いと今も思っている。

俺《おれ》はもう刑事じゃないんだ。不破はそう強く実感した。刑事を辞めてもずっと刑事であるような気がしていた。刑事なのか塾講師なのか、よく分からない正体不明の状態。でも、それにも区切りがついた。元刑事なんていう肩書は捨てて、純粋な塾講師になる時が来たんだ。

――さよなら、刑事の俺。

心の中でそうつぶやき、不破は刑事時代の自分と決別した。

こうなると、塾講師としてのキャリアを考えないとな。そう考え、ゆくゆくは正社員講師になる道を頭に思い描いた。それは理想的な未来のように感じられた。

思い返せば、塾講師という職を勧めてくれたのは雪室だった。今は亡き彼の思いが、ようやく理解できた気がした。

お前が勧めてくれた道は、俺にぴったりだったよ。不破は雪室にそう呼びかけた。

「不破先生、こんにちは」

今日の授業の男子生徒がやって来た。その姿を見ながら、不破はそろそろ塾講師らしく振る舞うかと決意した。緊張したが、大きく息を吸い込んでその言葉を口にする。

「おう。宿題はちゃんとやったか」

生徒は目をぱちくりさせ、ええっ、と驚愕《きょうがく》の声を発した。

「不破先生が、タメ口になってる」

生徒のそんな反応も楽しみつつ、不破は今日も真剣に授業に取り組もうと思った。

【参考文献】

◎『元知能犯担当刑事が教える　ウソや隠し事を暴く全技術』
森透匡（著）　2020年　日本実業出版社

◎『元刑事が教える　相手のウソの見抜き方』
森透匡（著）　2023年　三笠書房

◎『ルポ教育虐待　毒親と追いつめられる子どもたち』
おおたとしまさ（著）　2019年　ディスカヴァー・トゥエンティワン

本書は、ハルキ文庫の書き下ろし作品です。

Haruki Bunko
ハルキ文庫

き 10-1

その塾講《じゅくこう》師《し》、正体《しょうたい》不明《ふめい》

著者 貴《き》戸《ど》湊《そう》太《た》

2024年12月18日第一刷発行

発行者 角川春樹

発行所 株式会社角川春樹事務所
〒102-0074 東京都千代田区九段南2-1-30 イタリア文化会館

電話 03(3263)5247(編集)
03(3263)5881(営業)

印刷・製本 中央精版印刷株式会社

フォーマット・デザイン 芦澤泰偉
表紙イラストレーション 門坂 流

ISBN978-4-7584-4681-5 C0193 ©2024 Kido Sota Printed in Japan
http://www.kadokawaharuki.co.jp/[営業]
fanmail@kadokawaharuki.co.jp[編集]　　ご意見・ご感想をお寄せください。